読書について

小林秀雄

Hideo Kobayashi

中央公論新社

「山の上の家」の
書斎にて
一九六七年三月

目次

I

読書について

I

読書について

　僕は、高等学校時代*、妙な読書法を実行していた。学校の往き還りに、電車の中で読む本、教室で窃《ひそ》かに読む本、家で読む本、という具合に区別して、いつも数種の本を平行して読み進んでいる様にあんばいしていた。まことに馬鹿気た次第であったが、その当時の常軌を外れた知識欲とか好奇心とかは、到底一つの本を読み了《おわ》ってから他の本を開くという様な悠長な事を許さなかったのである。

　だが、今日の様に、思想の方向も多岐に渉《わた》って乱れ、新刊書の数も種類も非常に増して、読書の仕方とか方法とかについて戸惑っている多くの若い人達を見るにつけ、僕は考えるのだが、自分が我武者羅《がむしゃら》にやった方法などは、案外馬鹿気た方法ではなかったかも知れぬ、と。若《も》しかしたら、読書欲に憑かれた青年には、最上の読書法だったかも知れないとも思っている。

濫読の害という事が言われるが、こんなに本の出る世の中で、濫読しないのは低脳児であろう。濫読による浅薄な知識の堆積というものは、濫読したいという向う見ずな欲望に燃えている限り、人に害を与える様な力はない。濫読欲も失って了《しま》った人が、濫読の害など云々するのもおかしな事だ。それに、僕の経験によると、本が多過ぎて困るとこぼす学生は、大概本を中途で止《や》める癖がある。濫読さえしていない。

努めて濫読さえすれば、濫読に何んの害もない。寧《むし》ろ濫読の一時期を持たなかった者には、後年、読書がほんとうに楽しみになるという事も容易ではあるまいとさえ思われる。読書の最初の技術は、どれこれの別なく貪る様に読む事で養われる他はないからである。

書くのに技術が要る様に、読むのにも技術が要る。文学を志す多くの人達は、書く工夫にばかり心を奪われている。作家と言われる様になった人達の間でも、読む事の上手な人は意外に少いものだ。

読む工夫は、誰に見せるという様なものではないから、言わば自問自答して自ら楽しむ工夫なのであり、そういう工夫に何も特別な才能が要るわけではない。だが、誰もやりたがらない。何は兎《と》もあれ、特別な才能というものを、書く事によって、捻《ひね》り出したいからである。そういう小さな虚栄心だけで、トルストイなりバルザックなりに、繋がっているだけだ。だから、書く方は見込みがないと諦める時は、読書という楽しみも、それっきりになる時だ。

◆

或る作家の全集を読むのは非常にいい事だ。研究でもしようというのでなければ、そんな事は全く無駄事だと思われ勝ちだが、決してそうではない。読書の楽しみの源泉にはいつも「文は人なり」という言葉があるのだが、この言葉の深い意味を了解するのには、全集を読むのが、一番手っ取り早い而《しか》も確実な方法なのである。

一流の作家なら誰でもいい、好きな作家でよい。あんまり多作の人は厄介だから、手頃なのを一人選べばよい。その人の全集を、日記や書簡の類に至るまで、隅から隅まで読んでみるのだ。

そうすると、一流と言われる人物は、どんなに色々な事を試み、いろいろな事を考えていたかが解る。彼の代表作などと呼ばれているものが、彼の考えていたどんなに沢山の思想を犠牲にした結果、生れたものであるかが納得出来る。単純に考えていたその作家の姿などはこの人にこんな言葉があったのか、こんな思想があったのかという驚きで、滅茶々々になって了うであろう。その作家の性格とか、個性とかいうものは、もはや表面の処に判然と見えるという様なものではなく、いよいよ奥の方の深い小暗い処に、手探りで捜さねばならぬものの様に思われて来るだろう。

僕は、理窟を述べるのではなく、経験を話すのだが、そうして手探りをしている内に、作者にめぐり会うのであって、誰かの紹介などによって相手を知るのではない。こうして、小暗い処で、顔は定かにわからぬが、手はしっかりと握ったという具合な解り方をして了うと、その作家の傑作とか失敗作とかいう様な区別も、別段大した意味を持たなくなる、と言うより、ほんの片言隻句《へんげんせっく》にも、その作家の人間全部が感じられるという様になる。

これが、「文は人なり」という言葉の真意だ。それは、文は眼の前にあり、人は奥の方にいる、という意味だ。

◆

「文は人なり」ぐらいの事は誰にでも解っていると言うが、実は犬は文を作らぬ、という事が解っているに過ぎない人が多い。

書物が書物には見えず、それを書いた人間に見えて来るのには、相当な時間と努力とを必要とする。人間から出て来て文章となったものを、再び元の人間に返す事、読書の技術というものも、其処《そこ》以外にはない。もともと出て来る時に、明らかな筋道を踏んで来たわけではないのだから、元に返す正確な方法があるわけはない。

要するに読者は暗中摸索する。創った人を求めようとして、創った人の真似をするのだ。成る程、作者という人間を知ろうとして、その作家に関する伝記其他の研究を読んだり、その時代の歴史を調べたり、という様ないろいろな方法があるが、それは碁将棋で言えば定石の様なものだ。定石というものは、勝負の正確を期する為に案出されたものには相違ないが、実際には勝負の不正確さ曖昧さを、いよいよ鋭い魅力あるものにする作用があるだけだ。人間は、厳正な智力を傾けて、曖昧さの裡《うち》に遊ぶ様に出来ている。

◆

読書百遍*とか読書三到*とかいう読書に関する漠然たる教訓には、容易ならぬ意味がある。恐らく後にも先きにもなかった読書の達人、サント・ブウヴ*も、漠然たる言い方は非常に嫌いであったが、読書については、同じ様に曖昧な教訓しか遺さなかった。「人間をよく理解する方法は、たった一つしかない。それは、彼等を急いで判断せず、彼等の傍で暮し、彼等が自ら思う処を言うに任せ、日に日に延びて行くに任せ、遂に僕等の裡に、彼等が自画像を描き出すまで待つ事だ。

故人になった著者でも同様だ。読め、ゆっくりと読め、成り行きに任せ給え。遂に彼等は、彼等自身の言葉で、彼等自身の姿を、はっきり描き出すに至るだろう」

何故、こういう教訓が容易ならぬ意味を持つか。こういう風に、間に合わせの知識の助けを借りずに、他人を直《じ》かに知る事こそ、実は、ほんとうに自分を知る事に他ならぬからである。人間は自分を知るのに、他人という鏡を持っているだけだ。自己反省とか自己分析とかいう浪漫派文学の産んだ精神傾向は、感傷と虚栄との惑わしに充ちた、架空な未熟な業《わざ》に過ぎない。

◆

机上の「思想」(三月号)を開けていたら、こんな文章に出会った。

「私は、この矮小肥満の醜男で、またそれに比例した怠惰な精神を持っている自分に此《こ》の上もない嫌悪を感じているので、この心が暫時《ざんじ》でも他人に変ると云う事が非常に楽しい。私はこの容易に自分を忘れ、他人の気持になり得ると云う点で、映画館内のスクリーンばかり明るく、我々の坐っている場所の薄暗さに感謝する。フィルムは或る特定の速度で進む。之《これ》は観客の心理の進行をある目安の上に劃一《かくいつ》化し、私はこの点でも非常に安易を覚え、また他人になったことを意識する。スクリーン一杯にクローズ・アップした美しい女の顔。それは私に鼻先二尺ばかりのところへ女を引きよせた思をさせ、その意味深い眼附は私の眼附に答えてくれているかのような興奮を覚えさせる。そう云う時、この私は確かに私ではなくなっている」*

書く人は反語の積りで書いたのかも知れないが、現代人の心理的症例ともいうべき文章である。敢えて症例というのは、こういう風に、自分を忘れるには、他人になった気になりさえすればよい、その為には、自ら行動せず、外からの刺戟《しげき》に屈従するのが一番効果がある、という考え方、というよりも一種の心理傾向は、どう考えても健全な傾向とは言い兼ねるからだ。現代人の心理の地獄絵は、殆《ほとん》ど悉《ことごと》くこの傾向の産物であり、現代の恋愛小説などを見ればわかる様に、現代小説家の軽薄な心理描写に多くの種を与えているのもこの傾向である。

自ら行動する事によって、我を忘れる、言い代えれば、自分になり切る事によって我を忘れる、という正常な生き方から、現代人はいよいよ遠ざかって行く。そして意力ある行為などという厄介なものなしに自分を忘れたい、それには心理の世界を様々な妄念で充たせばよい、そういう道、言わば社会人たる面目を保ち乍《なが》ら狂人となる道を、いよいよ進んで行く。こういう現代人の傾向を、挑発するのに最も有効な力を映画は持っている。「映画館内のスクリーンばかり明るく、我々の坐っている場所の薄暗さに感謝する」、この表現はなかなか適確だ。無論、文学もこの力を持っている。映画の発明されるまで、文学は映画の代りを勤めていた。礼儀正しい狂人は、印刷術の発明とともに生れたと言えようが、どんなに印刷術の強大を誇ったところが、映画が現れて了っては、文学は到底映画の敵ではない。

今日でも、小説類は、非常な勢いで売れている。そして大部分の小説読者は、耳を塞いで冒険談を読む子供と少しも変らぬ読書技術で小説に対している。つまり、小説は、今日でも、読者の空想を刺戟して我を忘れさせる便利な機会を、未だ充分に世間に提供している。だが将来はどうなるだろう。

恐らく今日の映画などは、嘗《かつ》ての小説の様に古めかしいものとなるだろう。映画に自然の色彩が現れ、遠近法が現れるばかりではない、映画は観客の嗅覚や味覚や触覚さえ満足させる様になるだろう、というハックスレイ*の空想も、観客にそういう欲望がある限り、いずれ実現するであろう。又こういう空想も、現在の映画を土台とした空想に過ぎぬものであってみれば、物質の極度の利用による人工陶酔の発明が、将来どの様なものになるか誰が知ろう。要するに阿片中毒者を癒そうとする人間の同じ智《ち》慧《え》が、どんな新しい阿片を発明するに至るか誰が知ろう。では、僕等は何を知っているのか。ここまで考えて来てみて、そう質問してみるがよい。読書の技術というものについて思い当る処があるだろう。

◆

杉村楚人冠《すぎむらそじんかん》*氏の感想だったと記憶するが、印刷の速力も、書物の普及の速力も驚くほど早くなり、書物の量はいよいよ増加する一方、人間の本を読む速力が、依然として昔のままでいる事は、まことに滑稽の感を起させるものだ、という意味の文章を読んだ。僕は読書の真髄というものは、この滑稽のうちにあると思っている。

文字の数がどんなに増えようが、僕等は文字をいちいち辿り、判断し、納得し、批評さえし乍ら、書物の語るところに従って、自力で心の一世界を再現する。この様な精神作業の速力は、印刷の速力などと何んの関係もない。読書の技術が高級になるにつれて、書物は、読者を、そういうはっきり眼の覚めた世界に連れて行く。逆にいい書物は、いつもそういう技術を、読者に眼覚めさせるもので、読者は、途中で度々立ち止り、自分がぼんやりしていないかどうか確めねばならぬ。いや、もっと頭のはっきりした時に、もう一っぺん読めと求められるだろう。人々は、読書の楽しみとは、そんな堅苦しいものかと訝《いぶか》るかも知れない。だが、その種の書物だけを、人間の智慧は、古典として保存したのはどういうわけか。はっきりと眼覚めて物事を考えるのが、人間の最上の娯楽だからである。

◆

今日の様な書物の氾濫のなかにいて、何を読むべきかと思案ばかりしていても、流行に書名を教えられるのが関の山なら、これはと思う書物に執着して、読み方の工夫をする方が賢明だろう。

小説の筋や情景の面白さに心奪われて、これを書いた作者という人間を決して思い浮べぬ小説読者を無邪気と言うなら、何故進んで、例えばカントを学んで、カントの思想に心を奪われ、カントという人間を決して思い浮べぬ学者を無邪気と呼んではいけないか。読書の技術の拙《まず》い為に、書物から亡霊しか得る事が出来ないでいる点で、決して甲乙はないのである。サント・ブウヴの教訓を思い出そう。「遂に著者達は、彼等自身の言葉で、彼等自身の姿を、はっきり描き出すに至るだろう」、それが、たとえどんな種類の著者であってもだ。遂に姿を向うから現して来る著者を待つ事だ。それまでは、書物は単なる書物に過ぎない。小説類は小説類に過ぎず、哲学書は哲学書に過ぎぬ。

書物の数だけ思想があり、思想の数だけ人間が居るという、在るがままの世間の姿だけを信ずれば足りるのだ。何故人間は、実生活で、論証の確かさだけで人を説得する不可能を承知し乍ら、書物の世界に這入《はい》ると、論証こそ凡《すべ》てだという無邪気な迷信家となるのだろう。又、実生活では、まるで違った個性の間に知己が出来る事を見乍ら、彼の思想は全然誤っているなどと怒鳴り立てる様になるのだろう。或《あるい》は又、人間はほんの気まぐれから殺し合いもするものだと知ってい乍ら、自分とやや類似した観念を宿した頭に出会って、友人を得たなどと思い込むに至るか。

みんな書物から人間が現れるのを待ち切れないからである。人間が現れるまで待っていたら、その人間は諸君に言うであろう。君は君自身でい給え、と。一流の思想家のぎりぎりの思想というものは、それ以外の忠告を絶対にしてはいない。諸君に何んの不足があると言うのか。

高等学校　旧制高校。著者は一九二一（大正十）年に第一高等学校に入学した。

読書百遍　難しい書でも百遍も繰り返して読めば、意味が自然に明らかになるの意。「三国志」魏志・王粛伝の注より。

読書三到　書物をよく読み理解するには、よく見、声に出し、心を集中させて熟読すべきであるの意。朱熹「訓学斎規」より。

サント・ブウヴ　Charles Augustin Sainte-Beuve（一八〇四—六九）フランスの批評家。近代批評の祖といわれる。「月曜閑談」（四三頁参照）など。

私は、この～なくなっている　長谷川千秋「夢と映画」（「思想」岩波書店、一九三九年三月号掲載）より。

ハックスレイ　Aldous Leonard Huxley（一八九四—一九六三）イギリスの小説家、批評家。風刺小説、実験的技法で知られる。「すばらしい新世界」など。
杉村楚人冠（一八七二―一九四五）明治・大正期の新聞記者、随筆家。東京朝日新聞で活躍し、縮刷版刊行や「アサヒグラフ」の発刊など新聞事業の発展に貢献した。

作家志願者への助言

「創作志願者への助言」というのが、与えられた課題であるが、これは私の様な者には大変お答えし難い課題だ。人に助言をする様な気楽な身分になりたいものだ、とはつねづね思っている処である。

他人の批評ばかりやっていると、他人から批評ばかりされる人間になりたいものだ、とつくづく思うことがあるが、そういう結構な身分にでもならないと、ほんとうの助言などというものは出来ないのじゃないかと考える。

批評というものは、非常に立派なものはともかく、先《ま》ず普通は他人の仕事を傍から単に分析し説明し評価すればいいもので、批評家はそれぞれ才分に応じて、高みから勝手な熱がふける様な次第だが助言となるとそうはいかない。無論批評精神の薄弱なものに助言というものは出来ない理《ことわり》だが、批評が出来るからといって助言が出来るとは限らぬ。助言というものはもっと実際的な切実な親身な筋合いのものだ、と私は考えたい。

私は今、明治大学の文芸科で、文学概論の講座を受けもっている商売だから、そりゃなんでも喋りはする。自然主義文学とはかくかくのものだとか、心理派という一派はこんな調子のものだとか。学生の方でも別に私に抗議を申し込む筋はない。だがもし学生諸君のうちに真面目な創作志願者がいてその人が私の話のうちから、どんな実際的助言を聞きとるか、という事になれば、問題は一変して了うのである。

だいぶ以前のことで、何んの雑誌だか忘れて了ったが、文学志願者への忠告文を求められて菊池寛氏がこう書いていた。これから小説でも書こうとする人々は、少くとも一外国語を修得せよ、と。当時、私はこれを読んで、実に簡明的確な忠告だと感心したのを今でも忘れずにいる。こういう言葉をほんとうの助言というのだ。心掛け次第で明日からでも実行が出来、実行した以上必ず実益がある、そういう言葉を、ほんとうの助言というのである。批評はやさしく、助言はむずかしい所以《ゆえん》なのだ。

ボオドレエルが「浪漫派芸術」という本のなかで、やはり「青年作家への忠告」という文章を書いている。さぞ洒落たことをいっているだろうと思うと大間違いだ。先ず己れの運不運を嘆くのを止めて、意志を強固にせよ云々の文章から始って、ことごとく平凡な助言だ。

考えてみれば、ちっとも不思議なことはない。或る助言が見事か詰らぬかは、偏《ひとえ》にその実践的意義にかかっている。極言すれば助言を実行した上でなければ、助言の真価はわからぬ、この逆説的性格はあらゆる名助言に共通した性格である。実行をはなれて助言はない。そこで実行となれば、人間にとって元来洒落た実行もひねくれた実行もない、ことごとく実行とは平凡なものだ。平凡こそ実行の持つ最大の性格なのだ。だからこそ名助言はすべて平凡に見えるのだ。

良薬口ににがし、などと昔の人はうまいことをいったものだ。だが多くの人が良薬を知らない許《ばか》りではなく、口に苦がいことも知らない。例えば、少くとも一外国語を修得せよ、といわれる。これを実行するしないは意思の問題だが、そんな高級な問題にぶつかる前に、既に頭からこういう言葉を単なる平凡な言葉として看過してしまう。こういう助言は、決してある概念を語っているのではないのだから、自分の身にてらして、明日から外国語を勉強するとなると、どういうことになるか、修得した暁には、自分が実際上にどういう利益を得るだろうか、とくと思い廻らしながら読まなければ、助言のもつ意味がわかろうはずがない。

どんな助言も人に強いる権利はない。助言を実行するしないは聞く人の勝手だ。それよりも先ず大事なことは、助言というものは決して説明でない、分析ではない、いつも実行を勧誘しているものだと覚悟して聞くことだ。親身になって話しかけている時、親身になって聞く人が少い。これがあらゆる名助言の常に出会う悲劇なのだ。

なぜこんなことをくどくど書くかというと、――それは諸君が自ら反省し給え。諸君がどれほど沢山な自ら実行したことのない助言を既に知っているかを反省し給え。

聞くだけ読むだけで実行しないから、諸君は既に平凡な助言には飽き飽きしているのではないのか。だからこそ何か新しい気の利いたやつが聞き度《た》くてたまらないのじゃないか。

扨《さ》て、引っ込みがつき兼ねるから、私も私の助言を二三述べよう。これは読むことに関する助言だ、書くことに関する助言は私の手にあまる、助言となるより前に自戒になり兼ねない。いうまでもなく平凡な助言である。尤《もっと》も平凡だから見事だとは限らない。併《しか》し断って置くが、そのなかで私の実行しなかったものは一つもない。或は今も実行しているものだ。無論大変有益である。

1　つねに第一流作品のみを読め

質屋の主人が小僧の鑑賞眼教育に、先ず一流品ばかりを毎日見せることから始めるのを法とする、ということを何かで読んだが、いいものばかり見慣れていると悪いものがすぐ見える、この逆は困難だ。惟《おも》うに私達の眼の天性である。この天性を文学鑑賞上にも出来るだけ利用しないのは愚だと考える。こうして育まれる直観的な尺度こそ後年一番ものをいう。

2　一流作品は例外なく難解なものと知れ

一流作品は文学志望者の為に書かれたものではない。近づき難い天才の境地は兎《と》も角《かく》、少くとも成熟した人間の爛熟した感情の、思想の表現である。あわてて覗こうとしても始りはしない。幸か不幸か、私達は同じ事実、同じ理窟を理解するのに、登ってみなくては決して見透しのつかぬ無数の段階をもっている。だから大多数の人が、名作に接して、或る段階に立ってこれを理解したに過ぎぬ癖に、何も彼《か》もわかった顔をしたがる。再読して何が見つかるか一向気に掛けない。そこでこういえる。一流作品は難解だ、しかし難解だというそのことがまたあんまりわかりやすくはない、と。

3　一流作品の影響を恐れるな

世間で影響を受けたとか受けないとかいっているような生まやさしい事情に影響の真意はない。そういうものは、単なる多少は複雑な模倣の問題に過ぎぬ。真の影響とは文句なしにガアンとやられることだ。心を搔き廻されて手も足も出なくなることだ。こういう機会を恐れずに摑まなければ名作から血になるものも肉になるものも貰えやしない。ただ小ざかしい批評などして名作の前を素通りする。

4　若し或る名作家を択んだら彼の全集を読め

或る名作家の作品全部を読む、彼の書簡、彼の日記の隅々までさぐる。そして初めて私達は、彼がたった一つの思想を表現するのに、どんなに沢山なものを書かずに捨て去ったかを合点する。実に何んでも彼でもやって来た人だ、知っていた人だと合点するのだ。世間が彼にはったレッテル乃至《ないし》は凡庸な文学史家が解き明かす彼の性格とは、似ても似つかぬ豊富な人間に私達は出会うのだ。

5　小説を小説だと思って読むな

文学志望者の最大弱点は、知らず識《し》らずのうちに文学というものにたぶらかされていることだ。文学に志したお蔭で、なまの現実の姿が見えなくなるという不思議なことが起る。当人そんなことには気がつかないから、自分は文学の世界から世間を眺めているからこそ、文学が出来るのだと信じている。事実は全く反対なのだ、文学に何んら患らわされない眼が世間を眺めてこそ、文学というものが出来上るのだ。文学に憑かれた人には、どうしても小説というものが人間の身をもってした単なる表現だ、ただそれだけで充分だ、という正直な覚悟で小説が読めない。巧《うま》いとか拙《まず》いとかいっている。何派だとか何主義だとかいっている。いつまでたっても小説というものの正体がわからない。

文章鑑賞の精神と方法

文章はどういう風に鑑賞したらいいか。これが僕に与えられた課題です。この文章という言葉も鑑賞という言葉も大変曖昧で、文章というものも深く考えれば限りなく複雑になりますし、従って鑑賞の方法も一口で言えない事になりますが、ここではごくごく普通の意味で文章というものを、普通の意味で味うという事で述べ様と思います。

よく人は自分には文章のいい悪いはよくわからぬとか、文学などというものは自分の様なものには解らぬと言う事をいいます。それは人にはそれぞれ専門の道というものがあり、その道の深さや複雑さは、その道に這入った人でないと、素人にはわかり兼ねるのは当然です。例えば文芸批評家というものは、文章の鑑賞という事を色々と研究している専門家には相違ないが、又作家自身が文章をどういう具合に鑑賞するか、その深い処は批評家という専門家にもなかなか覗《うかが》い難い。そういう事を考えれば、一般の人々が、自分には文章の好し悪しなどわからぬというのは、当然だ。併し又一方そういう風に専門というものをあまり恐れすぎるのはよくない事で、どんなに文章鑑賞について深い智識をもった人でも、おお元の処は一般の人々と少しも違ったものではない、やっぱり普通の意味で、文章を味うという事からはじめなければならぬのです。そして文章を味うというごく普通の事が、よく考えてみるとなかなか大事な事で、世に専門の批評家といわれている人にも、普通の意味で文章を味う事がほんとうに出来ていない様な人があるのです。

サント・ブウヴは「月曜日物語」*という批評集のなかで、「パリの真の批評というものは話し乍らなされる」と言っております。これは文学批評の悪い専門化をいましめたもので、批評の専門家は、自分の言う事は一般の人々にはわからぬ高級な事だという顔をしているが、ほんとうに文学の味えるのはそんな難かしい顔をした人々ではなく、素直に文章を味い、その感想を愉快に語りあっている一般の人々の方が、かえって文学の真意を了解しているのだと言うのです。だから、徒《いたず》らに専門的な鑑賞を恐れるのは、専門家が専門家面をして一般人を軽んずると同様に間違った事で、文章を味うのには何も専門的な智識を是非必要とするものではない、健全な常識をもっていても、了解に苦しむ様な文章は文章の方が悪いのです。名文というものはそういう下らぬ難かしさを決して持ったものではない。又普通に味えばなんでもない様な文章を、批評家がわざわざ難かしく解釈している様な例は世間にいくらもあるのです。

普通に文章を味うという事は、何も恥かしい事でも、初歩のものでもない。専門的な鑑賞に対抗して充分自分の理由を持っているものだ、君等は文章鑑賞の専門家かも知れないが、僕等の様に素直に愉快に文章を味う事が出来るかと自信をもって言える様な自覚を持たねばならないのです。これが文章鑑賞に於いて先ず一番大切な事だと僕は考えます。

批評家というものは言うまでもなく判断というものを重んじます、好き嫌いでものを言ってはならぬ、何故にこの文章は好いか悪いかを、一定の規準に従って判断しなければならぬ。併し僕はここで批評家の文章を判断する規準について述べるのではありません。文章を味うという趣味の問題に就いて注意しようと思うのです。

一体判断という事は理性上の規定でありまして、文章を味うのは何も理性によるのではありませぬ。味うというのは通常趣味と呼ばれている人間の感性のある状態を指しているのです。理性と趣味とを混同してはならぬ。理性というものは万人共通のもので、その法則から誰も逃れられるものではありません。併し趣味というものに一体法則があるのでしょうか。

趣味の世界というものは、実に複雑です。時代によって、人種によって、個人の性質によって趣味はそれぞれ異っております。東洋的な趣味、日本的な趣味、古典的な或は浪漫的な趣味、そういう雑多な趣味の間には、それぞれ深い人間性に即した互に相いれない矛盾があるので、これは理性で解決出来るものではありません。

併しこういう風に趣味は各人勝手の出鱈目の世界には相違ないが、又一方われわれは好い趣味、悪い趣味という事を信じております。では何故にまるで無政府状態にある様な趣味の世界を一方で認めながら、趣味のいい悪いを言うのでしょう。

例えば甲は正宗白鳥の文章の方が谷崎潤一郎の文章より好きだと言います。乙は徳田秋声*よりも牧逸馬*の方が好きだと言うとします。そしてこれは趣味の問題だと言います。併しよく考えると、白鳥よりも潤一郎の方が好きだとか嫌いだとかいうのと秋声より逸馬の方が好きだとか嫌いだとか言うのとは大変な相違がある事に気が付きます。白鳥の方を好く人と潤一郎の方を好く人、これはたしかに趣味の問題です。現実的な理性的な気質を持った人は白鳥を好むでしょうし、浪漫的な感情的な気質を持っている人は潤一郎を好むでしょう。これはその人の気質によるのですから、どちらが正しいとか正しくないとかは言えない。ところが秋声より逸馬の方が好きとか嫌いとかという事になると、もうこれは気質の問題とは言えませぬ。僕はかくかくの気質だから逸馬の方が好きだと言えるでしょうか。無理に言うなら僕の気質は低級だから逸馬の方が好きだと言わなくてはならない事になるでしょう。これは趣味の問題とは言えぬ、寧ろ教養の問題なのです。秋声の文章を鑑賞出来る人は逸馬の文章だって鑑賞出来る人です、而も秋声の方を好むというのは彼の気質によるのです。逸馬の文章が鑑賞出来ても秋声の文章は鑑賞出来るとは限りません。その場合気質によるという事は言えないのです。つまり自分の気質は大たいかくかくのものだという自覚がなければ、ほんとうに趣味の問題は起って来ないのであります。常識人として恥しからぬ教養を得た上で、己れの気質というものがはじめて意味をもつので、己れの気質というものが意味をもった上で、はじめて趣味を解するという事が言えるのであります。こういう人を好い趣味をもった人というのです。

文章鑑賞の上に第二に大切の事は、自分の気質の自覚の上に立ったこのよい趣味を持つ事です。

鑑賞することは創造する事でも批評する事でもない。ある文章を書いて読者にどういう印象を与えようかという仕事でもなく、又与えられた印象をどういう具合に分析し説明しようかという仕事でもない。文章を鑑賞するとは、文章の与える印象を充分に享受するという事です。これは文章を作ったり、文章を批評したりする仕事からみると一見受身なたやすい事の様に思われますが、決してそうではない。鑑賞は鑑賞で充分むずかしい一つの仕事であります。

偉い創作家でも必ずしも立派な鑑賞家ではない。トルストイは第一流の創作家であるが、彼の鑑賞眼は決して広くも深くもないのであります。例えば彼に「芸術とは何か」という有名な本があるが、あそこに現われた様な独断的な説を主張する人には、色々な芸術の様々な特質を、それぞれ尤もだと思って素直に味う寛大な心が欠けているのです。ああいう偏狭な頑固な心を持っていなければ、又あの様な野性的な大きな仕事は出来なかったには相違ないでしょうが、僕等はたとえそんな大事業は出来ないとしても、トルストイよりもっと広く多くの芸術品を楽しむ事が出来ると言う権利はあるのであります。

又批評家に就いても同じ事が言えます。ゴンクウル*がテエヌ*を評してこう言っております。「失敬な比較をするが、テエヌは私の処に居た猟犬の様だ。彼は追っかけたり、つかまえたり、猟犬のやる様な事はなんでも実にうまくやる。ただ彼には鼻がなかったので、一つ買ってやる必要があったんだ」と。つまりテエヌという批評家は、他人の文章を分析したり、類別したり、解釈したりする事は実にうまかったが、文章に対するカンというものが鈍かった、文章をただ味うということにかけては、凡庸な人であったという意味であります。

トルストイとかテエヌとかいう偉い人になれば、そういう欠点も大した事ではない、いやそういう欠点が一方になくてはとても成就出来なかった様な仕事を残した人々である。併し僕等凡人の間ではそういう欠点はあんまり賞《ほ》めた事ではないので、批評家になるにせよ、創作家になるにせよ、広い鑑賞眼というものを土台としていない様な人は先ず駄目であると申してよいと思います。

立派な鑑賞眼を備えた人というのは、立派な趣味を持った人の事です。立派な趣味を持った人というより立派な趣味感をもった人と言った方がいい。趣味感というものに勿論定義なぞはない。己れを主張しようというものでもなし、己れを規定しようとするものでもないのですから。

批評家も創作家もなかなか純粋な鑑賞態度を持てぬものです。何故かというと、批評家はどんなに他人の文章を公平に受け入れる人でも、ともかく自分の仕事は受け入れたものを秩序立てて表現する処にあるのですし、創作家は、又純粋な鑑賞を守っていたのでは、新しいものを発明する事が出来ません。両者とも自分の仕事に熱中するあまり、純粋な鑑賞というものを傷《きずつ》け易いものです。その点文章の愛好者は、鑑賞という世界の修練に心掛ければいいのですから、これを豊富にするのも純粋にするのも心のままです。

この場合、鑑賞家に二つの誘惑がやって来ます。一つは批評の誘惑です。ただ鑑賞しているという事が何となく頼りなく不安になって来て、何か確とした意見が欲しくなる、そういう時に人は一番注意しなければならない、ある意見を定めて鑑賞している人で、自分の意見にごまかされていない人は実に稀《まれ》です。生じっか意見がある為に広くものを味う心が衰弱して了うのです。意見に準じて凡《すべ》てを鑑賞しようとして知らず知らずのうちに、自分の意見にあったものしか鑑賞出来なくなって来るのです。いろいろなものが有りのままに見えないで、自分の意見の形で這入って来る様になります。こうなるともう鑑賞とは言えません、ただ自分の狭い心の姿を豊富な対象のなかに探し廻っているだけで、而も当人は立派に鑑賞していると思い込んでいるというだらしのない事になって了います。よく同人雑誌などで若い人がやたらに他人を批評したがる様な傾向を見受けますが、ああいう事は、自分の心を貧しくする事です、批評しよう批評しようとして自分の心を頑《かたく》なにして了うのです。一定の意見を持たずどんなものでも素直に味おうと心掛けて、心を豊富にして行く修行は、批評なぞをする事よりも難かしい事だと知らねばなりません。

ここに第二の誘惑が待っております。それは悪い意味でディレッタント*となる誘惑です。どんなものでも味う事が出来るという事は、自然ともものを深く味わず、表面だけを楽しむという傾向に陥入り易い事は見易い道理です。では何故そういう事になるか。それは鑑賞というものに常に自分の心を賭ける事を忘れるからです。鑑賞するのに虚心という事が必要だ、自分を捨てて他人のなかに這入り込めなくてはならぬ、という事を言いますが、これはつまり自分の心を賭けろという意味なのです。自分で意識している自分というものはほんとうの自分ではない、それは他人の借りものなのだ、他人から教った思想だとか意見だとか、習慣だとか方法だとか、感情だとかの寄り集りに過ぎない、そんな自分をすっかりすてて虚心になれ、つまり君自身の本体を賭けろという意味なのです。この事に注意していれば、どんなに他人の身になって他人の文章を味っても自分を失う事はないのです。そういう覚悟がないと鑑賞の世界が拡がって行くにつれて、鑑賞の純粋さというものが失われて行きます。ディレッタントとは鑑賞の純粋性を失った人を言います。

己れを虚《むな》しくして出来るだけ広い鑑賞の世界に遊ぶ様に努める一方、どんなつまらぬ対象に対した時でも自分の心を賭する覚悟を失わなければ、立派な鑑賞家と言えると思います。

月曜日物語　「Causeries du Lundi」（月曜閑談）一八四九年から没年まで毎月曜の新聞等に発表し続けた批評を集成したもの。正篇十五巻、続篇十三巻に及ぶ。

徳田秋声　（一八七一―一九四三）小説家。尾崎紅葉に師事。庶民の日常を冷静な視点で客観的にとらえた作風で、明治期の自然主義文学運動の中心的存在として活動した。

牧逸馬　（一九〇〇―三五）大衆小説家。牧逸馬の筆名で推理小説や家庭小説のほか、林不忘の名で「丹下左膳」を、谷譲次の名で「めりけん・じゃっぷ」ものなどを執筆した。

ゴンクウル　フランスの小説家の兄弟。兄エドモン Edmond de Goncourt（一八二二―九六）と弟ジュール Jules de Goncourt（一八三〇―七〇）で、共同で創作を行なった。

テエヌ　Hippolyte Adolphe Taine（一八二八―九三）フランスの哲学者、批評家、歴史家。実証主義的立場で、人種・環境・時代の三要素から文芸作品や歴史を分析した。

ディレッタント　dilettante 芸術愛好家、好事家。

読書の工夫

読書と一と口に言っても、その範囲はずい分広いであろうが、現代の若い女性が一番熱心に、又一番沢山読んでいるものは、やはり何んと言っても小説であろうと思うので、小説を読むという事について思い浮ぶままに書いて行く事にする。

小説を書くという事は、無論いろいろな工夫が要る事で、誰もそれについては疑わないのであるが、小説を読むにも読む工夫というものがあり、工夫を積んで読む技術が上達しないと小説の面白さも本当には解らない。そういう小説を読む技術について工夫を凝《こら》すのは文芸の批評家であって、一般の読者にはそんな工夫は不必要だと考えられ勝ちだが、そうではない。又、そうであってはならないと思う。

よく結婚前には、文学書が好きで、よく読んだものだが、結婚して了《しま》うとそんな暇もないし、又小説なぞ読んでいるのも馬鹿々々しくなる、という事を聞く。小説に限らない。一般に若い頃に旺盛だった読書熱というものを、年をとっても持ちつづけている人はまことに少い。本を読む暇がなくなったという見易いことには誰でも気が付くが、本というものを進んで求めなくなって了った自分の心には、なかなか気が付かぬ。又、気が付き度《た》がらぬ。

先ず大概の若い人達が、自ら進んで読み方の工夫をしなければならぬという様な事は、全く考えず、いつも本に向って受け身で接している。だから、いくら小説を沢山読んでも、小説の読み方というものは一向進歩しない。耳をふさいで冒険小説を読む子供の読書技術をいつまで経っても出られない。そのうちに物事を夢想して楽しむ若い年頃の力が枯れて来る。するともう小説というものを読まなくなる。若い頃の旺盛な知識慾が、いろいろな書物を読ませる。だが、本を読む事が、ただ知識慾の満足という極く単純な理由に支えられているのだから、知識慾がいろいろな事情で衰えて来れば、本から遠ざかる事になる。

先ず大多数の人達が、そういう径路を辿る。つまり、自分で本を読む工夫を凝して、読書のほんとうの楽しみというものを養おうとはしないものだ。そういう楽しみを自らの工夫により努めて身につけて了えば、人間はどんなに忙しい境遇にあっても本というものから、容易に離れられるものではないと思う。

文学青年或は文学少女という言葉がある。今日文学と言えば、小説の異名とも言えるほど、小説は盛んに書かれ読まれているが、小説というものを享楽しているものの大部分が、若い人達である事は確かである。例えば、トルストイの「アンナ・カレニナ」という大小説を若い人で読んだ人は沢山あるだろう。併し年とってから又読み返すという人は、非常に少いであろう。処《ところ》が、トルストイは、勿論若い人に読ませる為に、あの小説を書いたのではない。従って若い人達が、あれを読んであの小説のほんとうの面白さが理解出来る筈《はず》はないのである。

無論どんな種類の芸術作品でも、人生と関係のないものはないわけだが、小説というものは人生の直《す》ぐ隣りにあるという事を、広津和郎氏が書いていたのを読んだ事があるが、そうも言えると思う。世間知らずの画家にも美しい画は描け、別に人間通でなくても、美しい音楽の書ける作曲家もあるだろうが、小説というものは、何んと言っても世間の観察、人間の観察が土台となっているもので、世間を知らない小説家なぞあるものではない。

そういう事を考えると、世間を知らぬ若い人達にとって小説というものほど、苦手な芸術はないわけである。いい小説は、世間を知り、人間を知るにつれて、次第にその奥の方の面白味を明かす様な性質を必ず持っているからだ。具体的な例を挙げれば、例えば石川達三氏の「結婚の生態」*という小説は、世間を知らない人にでもわかる程度の面白さだけしかないが、徳田秋声氏の「仮装人物」*という小説は、世間を知らない人には全く解らぬ面白さを隠している。

それにも関わらず、どうして、小説類が、殆ど若い人達にばかり愛読されるか。これは無論作家の側にも原因がある。作家の方でも、これは意識してする人もあるだろうし、力足らず止むなくそういう結果になる場合もあるだろうが、作家の方でも、若い人達の為にかく。世間を知って了うと一向面白くない様なものを書く。併し、ここに問題にしているのは読者の側の事である。実際の世間を知って来るにつれて、小説が面白くなくなるというのは、取りも直さず、小説によって夢想を楽しんでいたが、その夢想が、実際の世の中を知って破れるという事に他ならない。そして小説なぞ夢中で読んでいた若い頃は楽しかったと言う。

併し、何故人間の夢想は、実際の世間を知ったぐらいで破れねばならぬであろうか。人間の夢想には様々の種類もあり、段階もある事を考えるがよい。そして人間は、結局どの様な場合でも、何かを夢想しているものだという事を考えるがよい。それなら、夢想は破り捨てるべきものではなく、又これを日に新たにし、豊富にする道もない筈はない。

前に、いい小説には、実際の世間をよく知った人でなければ、解らぬ面白さがあるものだ、と書いたが、それなら、世間を知って小説が詰らなくなる理由がどこにあろうか。要するに、小説の読み方が拙い為に、世間を知ったら忽《たちま》ち破れて了う様な夢想しか小説のうちに読みとれずに済んで了うからである。

立派な作家は、世間の醜さも残酷さもよく知っている。そして世間の醜さも残酷さもよく知っている様な読者の心さえ感動させようとしている。これが作家の希《ねが》いであり、夢想である。こういう夢想が、結婚した為に嘗て恋愛小説から得ていた夢想が、今は馬鹿々々しくなったという類の夢想とは、凡《およ》そ異るのは言うまでもなかろう。だが、一方から考えると、こういう大小説家の夢想を、しっかりと抱き、これを実現するという様な事は僕等には出来ないとしても、こういう夢想の在る事を知り、これに幾分か与《くみ》する事は、誰にでも出来るのである。大小説の味読によって、これに与《あずか》る事は出来るのである。そこに読書の工夫がある。

大小説家の夢想といったが、大小説家の思想と言ってもよかったのである。思想というと直ぐ何々主義という様な、理論的なものを思いたがるが、そういうものは思想というより寧ろ知識というべきもので、ほんとうに生きた思想をそういう読んで覚えられる知識と誤解しなければ、上述の様な小説家の夢想こそ小説家の思想に他ならぬと言ってもよいのだ。

高遠な思想も、無邪気な夢想と異った材料から出来上っているわけではないのだ。小説の読者は、小説から得る無邪気な夢想を、工夫によって次第に鍛錬し、豊富にし、これを思想と呼べるものにまで、育て上げねばならない。育つにつれて、大小説は、次第にその深い思想を読者に明かすであろう。

小説というものの一番普通の魅力は、読者に自分を忘れさせるところにある。自分を忘れ、小説中の人物となり、小説中の生活を自らやっている様に錯覚する。小説中の人物とともに恋愛し、殺人している様に錯覚する楽しみ、この楽しみに身をまかすという事こそ、小説の一番普通の魅力である。無論これは、小説というものの根本の魅力であり、こういう魅力を持たぬものは、小説とはまず言えないのであるが、普通の読者はこの魅力以上の魅力を小説から求めようとはしない。前にも書いた通り、耳をふさいで冒険小説を読む子供の小説の読み方から一向進歩しようと努めない。

自分を忘れ去るという習慣は、小説の濫読によっていよいよ深くなって来る。つまり小説を無暗《むやみ》に読んでいる裡に、自分を失い、他人を装う術が、知らず識らずに身に付いて来るのである。

ハドソン*の「ラ・プラタの博物学者」という本のなかに、死を装う本能について、狐の話が書いてある。狐は危険が迫ると死んだ振りをする。時々うす眼をあけて、もう大丈夫かどうか確める。大丈夫と見定めると、そろそろ立ち上って逃げ出す。その術策は巧妙を極めていて、犬なぞは完全に欺《だま》されるそうであるが、あんまり巧妙過ぎて本当に死んで了う話もあるそうで、或る人が実験したら、胴体を切断して了うまで死んだ振りをしていたと言う。

読んだ時、吹き出しそうにおかしかったが、考えてみると、小説に毒されて、他人を装う術がすっかり身について了い、本当と嘘との区別がつかなくなって了っている様な文学好きの例には、屢々《しばしば》出会う事を思えば、あまり狐を笑えたものではないのである。

実地に何かやってみるまでもなく、小説を読んでいれば実地に何んでもやっている気になれるので、実地に何もやらなくなる。じっと坐っては人生を経験した錯覚を楽しみ時を過ごす様になる。例えば、恋愛なぞ実地にした事もないのに、小説に様々な素晴しい恋愛を読み齧《かじ》って、恋愛を装う術が身について了うと実際の恋愛なぞ何物だかわからなくなって了う。本当に恋愛の相手を見付けても、恋愛を装う習慣は容易に抜けられず、まるで小説のなかにいるのか、実地に恋愛しているのか、自ら省みても何が何やらわからぬと言った様な事になる。

この様な事になるのも、小説の読み方というものを真面目に考えてみた事がないからだ。ただ小説を、自分を失う一種の刺戟の様なものとして受け取っているからだ。だからやがて中毒するのである。

これは小説ばかりではない、いろいろな思想の書物についても言える事だ。読書というものは、こちらが頭を空にしていれば、向うでそれを充たしてくれるというものではない。読書も亦《また》実人生の経験と同じく真実な経験である。絶えず書物というものに読者の心が眼覚めて対していなければ、実人生の経験から得る処がない様に、書物からも得る処はない。その意味で小説を創るのは小説の作者ばかりではない。読者も又小説を読む事で、自分の力で作家の創る処に協力するのである。この協力感の自覚こそ読書のほんとうの楽しみであり、こういう楽しみを得ようと努めて読書の工夫は為すべきだと思う。いろいろな思想を本で学ぶという事も、同じ事で、自分の身に照らして書いてある思想を理解しようと努めるべきで、書いてある思想によって自分を失う事が、思想を学ぶ事ではない。恋愛小説により、自分を失い他人の恋愛を装う術を覚える様に、他人の思想を装う術を覚えては駄目だと思う。

「結婚の生態」　一九三八年に刊行されベストセラーとなった小説。新婚の主人公が結婚生活を送るなかで自分の意識、妻に対する気持ちを綿密に綴る。自伝的小説といわれる。

「仮装人物」 一九三五―三八年「経済往来」に断続掲載され、三八年に刊行された小説。老作家が作家志望の娘に翻弄される様子を冷ややかに見つめ、私小説の極致と評される。

ハドソン William Henry Hudson（一八四一―一九二二）イギリスの博物学者、小説家。「ラ・プラタの博物学者」は生まれ育ったアルゼンチンの動物生態観察記。

読書週間

今日から、読書週間という事で、読書について何か喋れという事ですが、読書週間というのはどういう意味でしょう。恐らく灯火親しむべき候であるから、大いに読書しようという事なのでしょう。予《あらかじ》め打合せをしたわけでもあるまいから、電気屋さんの方の節電週間とぶつからなければよいのですが。

何んと言っても、本が多過ぎます。私は、本屋の番頭*をしていますから、よく知っていますが、現代日本の大部分の本屋さんは、極めて貧しい資本を抱え乍《なが》ら、月々莫大な書物を生産しております。出版とは文字通り苦しい金融策なので、一方で金のやり繰りをしていれば、一方で自《おのずか》ら本が出来上るという仕組であり、番頭の立場からいうと、どうも書物だとか出版だとかという言葉も空《むな》しい言葉の様な感じがしております。私は、近頃は、もう本には、うんざりしています。先日は交通安全週間というものがあった。勿論乗り物が多すぎるからそういう事になる。こう本が多過ぎては、読書の安全は、脅《おびや》かされているに相違ないから、読書安全週間とした方が、筋が通る。筋は通るが、考えてみると随分妙な文化現象です。本という物質の過剰が、読書という精神の能力を危険にさらしている。夥《おびただ》しい事故が、決して眼に見えぬというところが、この危険を決定的なものにしている様です。

一定の目的も、さし迫った必要もあるわけではないが、ただ漫然と何を読んだらいいか、という愚問を、いかに多数の人々が口にしているか。これは、本が多過ぎるという単なる事実から、殆ど機械的に生ずる人々の精神の朦朧《もうろう》状態を明らかに示している様に思われます。一般教養を得る為にどんな書物を読んだらよいか、という本が出版されている。類書はずい分多く皆よく売れております。開けてみると、一生かかって読み切れないほどの本の数があげられている。実に無意味な事だ。一体、一般教養などという空漠たるものを目指して、どうして教養というものが得られましょうか。教養とは、生活秩序に関する精錬された生きた智慧を言うのでしょう。これは、生活体験に基いて得られるもので、書物もこの場合多少は参考になる、という次第のものだと思う。教養とは、身について、その人の口のきき方だとか挙動だとかに、自ら現れる言い難い性質が、その特徴であって、教養のあるところを見せようという様な筋のものではあるまい。教養学部などという言葉がある。こんな言葉が現れるのは、もう教養という言葉の濫用という様な生まやさしい事態ではない事を示しております。教養の意味合いが顚倒《てんとう》して了ったのであって、そんな野蛮な言葉使いはないと言うべきところです。

「リーダーズ・ダイジェスト」という雑誌がある。本を“digest”するとは、本を読みこなすという意味でしょう。とても読者には読みこなせない程大量の本が、あらゆる広告手段を使って、読者の食欲を刺戟しているから、“digestive”が売り出される様になるのも当然だし、現代の読書人達が、皆精神的な胃拡張を起しているのも不思議はない。彼等は健全な胃袋を望まぬわけではあるまい。欠伸《あくび》ばかり出るのは胃袋がたるんだせいだ、くらいはうすうす承知しているのですから。併《しか》しどうしようもない。一ったん目当もなく動き出した好奇心の惰性を制御する意力は、精神的胃弱からは出て来るわけもない。読書百遍という様な言葉が、今日、もう本当に死語と化してしまっているなら、読書という言葉も瀕死の状態にあると言っていいでしょう。無論、読書百遍という言葉は、科学上の書物に関して言われたのではない。正確に表現する事が全く不可能な、又それ故に価値ある人間的な真実が、工夫を凝した言葉で書かれている書物に関する言葉です。そういう場合、一遍の読書とは殆ど意味をなさぬ事でしょう。そういう種類の書物がある。文学上の著作は、勿論、そういう種類のものだから、読者の忍耐ある協力を希《ねが》っているのです。作品とは自分の生命の刻印ならば、作者は、どうして作品の批判やら解説やらを希う筈があろうか。愛読者を求めているだけだ。生命の刻印を愛してくれる人を期待しているだけだと思います。忍耐力のない愛などというものを私は考える事が出来ませぬ。そんなものがあるなら、それは愛ではない、何か別なものでしょう。そして、愛読書を読みこなすのに、どうして消化剤《ダイヂェスティヴ》などが要ろうか。そういう希いを持った作者は、今日では、もう大変孤独な場所に追いつめられている様子です。愛読者を見附けるのが難かしくなったからだ。人々は、恰《あたか》も人と交際する様に、書物と個人的な交りを結ぶという様な面倒を嫌う様になった。生活の上でも個人的な交りというものが、人間生活の上で、どんなに意味の深いものかという難かしい考え方を嫌い、集団の裡にいて安易な昂奮を求める様になったのであるから、愛読書どころの騒ぎではないでしょう。愛読者の代りにファンというものが現れている。作者もこれに迎合して、文学の代りに娯楽物を提供しているのですから、正直にそう言えばよいのですが、私小説からの脱出などと空々しい事を言っております。

　文学書という様なものは、厄介な性質のものですが、ただ知識を伝達すれば事が済む学術書の場合は、問題は簡単でしょうか。簡単であって欲しいものだが、これも本が多過ぎるという事情に巻き込まれて、妙な事になっています。過去の学者は、学問の全領域にわたった知識を持っていた、又持とうと努めていた、それでなくては学者ではなかった。ところが今日では、もうさような事は学者に全く不可能な事になりました。学問の進歩が、研究者に専門化の道を強制するのは当り前の事ではないかと言うでしょうが、これを裏返してみれば、あんまり本が多過ぎるので、学者達は専門化の窮地に追い込まれて了った、という事になるでしょう。物理学者は、心理学には無知でしょうし、生物学者は経済学には無知でしょう。そういう事よりも、研究の方法なり対象なりが正確で共通な自然科学の領域だけでも、その綜合的な知識が、一人の人間に集中するという様な事は不可能になっているでしょう。お互に他の部門の研究には無知な人々の頭脳に在るばらばらな夥しい知識が、研究のメカニズムが共通であるというただそれだけの理由で集合する。集合すると例えば原子爆弾が破裂するという始末になる。一発の原子爆弾を破裂させるのに、どれほど多くの有能な人間が協力したか、そういう言い方は滑稽でしょう。実際、今日の自然科学は、巨大な非人間的な組織と化している様に見えます。科学を善用するも悪用するも、人間の心掛け次第である。それはその通りだが、現代文明の礎石である自然科学の、そういう現代的な性質が、人間の心掛けにどんなに強く働いているかを合せ考えた方がいいでしょう。現代人は機械の奴隷だという事がよく言われますが、科学がいよいよ細かい専門的部門に分《わか》たれて行き、そのうちに追いつめられた研究者達が、科学の綜合的知識も、科学の意味も、運命も念頭になく、毎日機械的に繰返す実験に没頭していれば、いやそういう単純で、自惚《うぬぼ》れの強い、常識なく、人情を解さぬ研究者の数が増えれば増えるほど、いよいよ科学は進歩するという次第になっているならば、科学とはもう人間精神の仕事とは言い難い。真理とは口実に過ぎない。それはもう大きな機械でありましょう。今日でも大科学者というものが存し、科学的真理に関し、その哲学的な意味に関し、いろいろ思い惑っているという事もありましょう。併し、そういう高級な疑惑には、この大きな機械の運転を止める力はありますまい。最近大変流行している心理学とか社会学とかいう人間に関する科学も、物質に関する先輩科学を手本とせざるを得ず、やはり専門的分化によらなければ、その成果が期待出来ぬ様な方向に進んで行くでしょう。この自惚れに満ちた若い科学は、今日大物理学者が出会っている様な科学的真理に関する悲しみなぞは未だ経験してはおりませぬ。扱う対象の曖昧さも、研究成果の数字化の不可能も、学者達を落胆させせぬ。却《かえ》って、その為に自信をつけて、言語による合理的説明に突進しています。末はどうなることとか。解り切った話だ。例えば人格心理学が遂に人格に達するなどという事を信じたら、私は一日も生きておられませぬ。こういう科学の方向が、一般人の知識とか教養とかいうものの方向を決めている様です。知識は決して身につかない。決して身につかないのが知識であるとは科学の原則であります。私は、本屋の番頭をしている関係上、学者というものの生態をよく感じておりますから、学者と聞けば教養ある人と思う様な感傷的な見解は持っておりませぬ。ノーベル賞をとる事が、何が人間としての価値と関係がありましょうか。私は、決して馬鹿ではないのに人生に迷って途方にくれている人の方が好きですし、教養ある人とも思われます。現代の教養人は、私の言う事を逆説だなどと片附けようとするでしょう。それも見解の相違で致し方のない事でしょう。本が多過ぎるという話が、飛んだ話になりました。今日は、このくらいで止めて置きましょう。

本屋の番頭　一九三七年頃より創元社の編集顧問をつとめ、四八年には取締役に就任した。

読書の楽しみ

本は、若い頃から好きで、夢中になって読んだ本もずい分多いが、今日となっては、本ももう私を夢中にさせるわけにはいかなくなった。新しい本を読み漁《あさ》るという事もなくなり、以前読んだものを、漫然と読み返すという事が多くなった。しかしそういう事になって、却って読書の楽しみというものが、はっきり自覚出来るようになったと思っている。

往年の烈《はげ》しい知識欲や好奇心を想い描いてみると、それは、自分と書物との間に介在した余計なもののように感じられる。それが取除かれて、書物との直《じ》かな、尋常で、自由な附合の道が開けたような気がしている。書物という伴侶《はんりょ》、これが、以前はよく解らなかった。私は、依然として、書物を自分流にしか読まないが、その自分流に読むという事が、相手の意外な返答を期待して、書物に話しかける、という気味合《きみあい》のものになったのである。

国語という大河

あるとき、娘が、国語の試験問題を見せて、何んだかちっともわからない文章だという。読んでみると、なるほど悪文である。こんなもの、意味がどうもこうもあるもんか、わかりませんと書いておけばいいのだ、と答えたら、娘は笑い出した。だって、この問題は、お父さんの本からとったんだって先生がおっしゃった、といった。へえ、そうかい、とあきれたが、ちかごろ、家で、われながら小言幸兵衛《こごとこうべえ》*じみてきたと思っている矢先き、おやじの面目まるつぶれである。教育問題はむつかしい。

実は、同じ経験を、その後、何度もしたのである。知人の子供から、同じことを聞いたこともあるし、またある日、地方の新聞社から電話がかかり、当地の学校の入学試験問題に、貴下の文章が出たが、意味あいまいで、PTAの問題になっている、作者の正確な答案を掲載したいからお答え願いたい、と昔書いた自分の文章を、長々と電話口で聞かされた。聞いているうちに、虫のいどころがだんだん悪くなってくる。「正確な意味はね」「ハイ、ハイ」「読んで字のごとしだ」ガチャリ。そんなこともあった。両方で不快になるだけである。

むろん、私は、文章の無断借用なぞに文句をつけているわけではない。そんなことなら、こっちが批評商売でいつもやっていることだ。といって、先方からあいさつがあった場合でも、私なぞは、やはり弱るのである。文学者のところには、近頃はだれでもそうであろうが、右の文章を国語教科書に採用したい、諾否《だくひ》同封のはがきで返答されたし、という手紙が、方々から、風のごとく舞い込むものである。教科書の粗製乱造が、今日の常態であることをよく知りながら、一方、国定教科書によってたたき込まれた教科書神聖の実感は、今もなお、私の心に厳存しているらしく、自分の文章が国語のお手本になるのは名誉なことだと思うのである。さて、諾否を求められた、こま切れにされた自分の文例がいつも気に食わない。私だって、もう少しました文章は、他に書いている、と考えてみるが、こちらからそんなことを進言する筋もない。さりとて、はっきり拒絶する理由もない。とくに、教科書にのるのらぬは、本の売行きにも大いに関係があることを考慮に入れれば、なおさらのことである。気が進まぬままに、放っておくと催促がくる。そのころには、回答はがきだけが、そこいらに散らばっていて、どれがどれやら見当がつかぬ。ええいめんどうだ、みんな諾にしておけ、で出してしまうということになる。

三十年も文章を書いていると、ずい分いろいろな文章が出来上ってしまうものだと思う。そんないい方がしてみたくなるのも、自分で作る文章ほど、自分の自由にならぬものはないことを、経験が否応なく私に教えたからである。だから、書くことは、いつまでたっても容易にはならない。自分の文章に関する自分の支配力を過信した私の未熟時代は、他の文学者たちに比べて、よほど長かったように思われる。それは、むろん、私の気質にもよったが、批評という文章の形式にもよった。分析し、論難し、主張し、意見を述べ、というようなことばかりやっていれば、それだけで、もう自分の文章を、自在にあやつっていると錯覚するに充分である。錯覚どころではないかもしれない。文学者としては、ほとんど倒錯症のやり方である。いわば、一番うまく書けたと思ったときが、一番うまく自分の文章をたたきこわしたときなのだから。そんな表現にも、やはり私の個性は現れざるをえないというようなことは、文学の問題というより、むしろ心理学の問題であろう。ともあれ、そういうだれに持って行きようもない尻の始末に、私は長い間手間どった。今も手間どっている。そういう男の文章が、国語教科書に向かないのは、当人が一番よく知っている。

そういう次第だが、うれしかった経験もある。だが、たったいっぺんだけだ。それは、柳田国男氏が、氏の編纂する国語教科書に、山に関する私の紀行の全文を選んで下さった時である。うれしかったというのは、私の文章なぞから、強いて選んでもらえるなら、この種の文章よりほかにはなさそうだと思っていたからである。理由はといえば、紀行文なら何はともあれ文章の体《たい》はなしている、という簡単なものだが、読《とく》本《ほん》の文例選択の理由としては、それがほとんどすべてではなかろうか。新読本の編纂者たちは、新規な理由をいろいろと発明する誘惑に負けるのではあるまいか、私は頑固にそう考えている。名文という言葉が、過去の遺物化した今日、文章の体をなしているか、いないかを、何によって見分けるか、という難問題が、たちまち頭をもたげそうだが、今日のように、そこら中が至るところ問題だらけということでは、私は問題というものに対しても、用心深くなる。文章の善し悪しを見分けるには頭脳だけでは足りまい。その足りない頭脳が、要もない難問題を発明する。その類いと考えておくのも賢明であろう。国語と国民とは頭脳的につながってなぞいない。文章の魅力を合点するには、だれでも、いわば内部にある或る感覚のごときものに頼るほかはない。この感受力には、文体の在りかを感じとる緩慢だが着実な智慧が宿っている。緩慢な智慧だから、日ごとに変る意見や見解には応じられぬが、ゆっくりと途切れることなく変って行く文章の姿には、よく応和して歩くのである。国語という大河は、他の河床を選んで流れることはできない。そういう感受力を育てるのが、国語教育の前提であろう。だが、多忙な人々は、みな、前提という言葉の意味を取り違える。前提なぞわかり切っているから、先きを考えるなどと平気でいっている。

批評家というものは、他人をとやかくいうのが上手な人間と世人は決めてかかりたがるが、実際には、自分を批評するのが一番得意でなければ、批評商売もなかなかうまくゆかないのである。教育だって同じことだ。自己教育が教育の前提である。むろん、私の独断などではない。孔子という大教育家の立てた教育原理である。戦争があったくらいでは変りようがないからこそ、原理と呼べるのであり、また、だからこそ、時に応じて、実際に教育効果をあげるのも、この原理の力しかないのである。戦後の新しい教育原理というようなことが、やかましく言われるが、原理という言葉の乱用としか思われない。むしろそれは、動揺する革新教育家の心理をはっきり物語る言葉のようにみえる。動揺する事態には、動揺する心理をもって応ずる、それが一番現実的な正しい態度だなどと無邪気に思い込んでいるから、ひと理窟ある原理がいくらでも発明されるのである。みんなひと理窟ある。病人にはみんな熱があるようなものだ。

ひと理窟は決して実地の効果をあげない。親孝行は現代では疑わしい徳目である。なぜそんなびくびくした理窟をこねるのだろう。人類は永遠に親孝行するのを止めない。

小言幸兵衛　落語の一。世話好きだが口やかましい家主幸兵衛が、長屋を借りに来た者に様々難癖をつけて断る話。転じて口やかましい人。

紀行の全文　「カヤの平」（七三頁）が「国語　高等学校二年上」（柳田国男編、東京書籍、一九五五—五八年使用）に一部編集のうえ収録。その後も複数の教科書で採られた。

カヤの平

先だって、三好達治君が、信州発哺《ほっぽ》の事を新聞に書いていた。発哺に飛行機が飛んで来た時、「天狗の湯」の主人が、これは大変な地鳴だ、と仕度をして山を調査に出掛けたという、それで思い出した、というと甚だ失敬な思い出し方だが、実は石原巌君に、高原の事について書く事を強制されたので、止むを得ず思い出したのである。「天狗の湯」の主人には大変迷惑をかけた事があるので、そんな事でも書かないと別に書く事がないのである。発哺というのは高原なのかと深田久弥《ふかだきゅうや》＊にきいたら、色々説があるがまず高原だというので、その点は安心しているが、山の名前など大概間違って書くだろうと思う。あとで直してやると深田は言うが、それは不愉快だから断る。

去年の二月だったと思う。深田と一緒に発哺に出掛けた。二人ともぎりぎりの仕事をひかえ乍《なが》ら、家にいて、雪が降っていると思うと何一つ手に附かずにいる、もう一っぺん滑って来たら落着くだろうと思って出掛けるが、帰って来ると一層そわそわするだけの事で何んにもならぬ。それじゃ、滑り乍ら仕事をすればいいじゃないか、と相談して発哺に出掛けた。深田は雑誌の批評を書く為に、リュックのなかに二十幾冊の雑誌をつめて、これを帰りには滑り乍ら一冊ずつ谷に放り込むんだと言う。僕の詰込んだのは字引其の他だから、そううまい具合には行かない、などと二人は夜汽車のなかで一杯やりながら話した。ともかく午前中は必ず勉強する事にしよう、一体何故こういう名案を思いつかなかったかなあ。——無論二人とも腹の中では名案糞くらえと思っていたのであった。

発哺は大雪だった。サラサラした粉雪が毎日降りつづいた。雲の切れ間、凍る様な夜空に、星と一緒になって長野の灯が見えた。凜烈な山気のなかで、何一つ手につかなかった。夜はランプが暗いと言ってビールをのみ、朝はインクが凍ったと言っては外に出て了《しま》う。着いた翌日、温泉の登り口の谷川の近所で、白樺に貼りつけたビラをみつけた。「発哺毛無《けなし》*間山越スキー淑女コース」とある。奮って参加されたい。但し山スキーに自信あるもの、と書いてある。淑女コースたあなんだろう、いずれそこらに手をつけたのが居ないわけではないという意味かな、と言って笑ったのはいいが、山スキーに自信あるもの、は穏やかでない。天狗の湯主催とある。天狗の湯といえば俺達のいる家だろう、だから、今に勧誘に来るさ、と深田は言うが、僕は但し書きが面白くないから黙っていた。おい、行ってみるかい、と彼は言う。先だってスキーを始めた許《ばか》りの僕が行ってみるもみないもないのである。一体深田は僕にスキーを教えているみたいな顔をしているが、決して教えた事はない。そもそもの初めが湯沢に連れて行かれたが、朝まだまっ暗のうちに停車場につくとそのまま宿屋に行かずに、ゲレンデにひっぱられた。はじめはスキーをつけて坂を登るのは難かしいから、と言って山の上までスキーを担がせ、上で提灯《ちょうちん》の火で、スキーをつける事を教えると、あとは自然の成行きにまかせろ、と言って一人で滑って行って見えなくなった。翌日は岩原のコチコチの雪の山の一番上まで連れて行き、やっぱり自然の成行きにまかせられた。成行き上、自分のスキーで頭に大きな瘤《こぶ》をこしらえ、左の肩を捻挫《ねんざ》した。

深田は「淑女コース」の地図などしらべて喜んでいる。僕は地図をしらべたって始らぬから、傍でビールを飲み飲み観念していた。吹雪は止まない。止んだら出掛けるらしいが、其の後さっぱり勧誘に来ない。それは来ない筈で、ついた二日目、雪の降るなかを焼額山《やけびたいやま》に登った時、天狗の番頭さんが案内してくれたが、その番頭さんが、僕のスキー術を観察してしまったからである。番頭は小林というほうは話にならぬと天狗に言い附けたに決っている。こうなると僕から切り出さないと妙な具合になるから、出発するという前の晩、炉端で話を持ち出すと、案の定天狗は渋った。何しろ淑女コースの事だから、と言った。貴方は曲れるかねと訊くのである。右なら曲れると僕は答えた。谷川まで降るのに何遍ころぶと訊く。無論何遍などと数え切れるものではないから、今日は四度ころんだと答えた。天狗は最後に千七百米《メートル》級の山を七つ越えるんだからと脅かした。幸いそんな雪山の概念がこっちにないから一向驚かなかった。部屋に帰ると深田は呆れた顔をして、図々しい奴だ、と言った。図々しいも糞もない、相手はたかが山だとあきらめているのだ。

明日出発だというので、土地の青年達が夕方から宿に集って来た。長い間吹雪いたので、大分中止するものも出来たらしい、これくらいの雪でへこたれるんなら、スキーを、へえ、やめなせえ、などと怒鳴って天狗は昂奮していた。屈強な青年達が、大声で話し合い乍ら、薄暗い乾燥室でスキーの手入れに忙しい様をみると、何んとなくこれは大変な事になって了った、と僕は思った。ワックスって奴は要らないかねえ、と心配そうに深田に言うと、アザラシ*で沢山だ、もし附ける暇もなかったら縄で沢山だ、と取合わない。もうこうなればワックスなど利いた処で大して助けにもなるまいと思って早く寝て了った。

翌日暗いうちにすっかり仕度をする、主人は背広を着て鳥打などをかぶっている。この爺さんに仲々よく似合う。団体行動について訓示を一席、小便なども勝手にひられては困るから、と念を押した。一行は十三人であった。一列に並んで先登にカンテラをつけ、動き出した。天狗の娘さんが一行に交っていたので大いに意を強くしたが、これは全く誤算で、彼女は番頭なみの腕前で何んの頼みにもならなかった。

ここで雑魚川を渡りまあす、と天狗の主人が怒鳴る、よく見ると雪の間を川らしいのがチョロチョロ流れている。そこら辺りですさまじい雪のなかの夜明けが来た。見る見る空は青く澄んで来て、雪は潔らかに白くなって行った。岩菅山《いわすげやま》が全山樹氷に包まれて、桃色の東の空を負って輝やきはじめた。尤も、いい景色どころの騒ぎでもなかったのである。第一、ラッセルという奴は御免蒙《こうむ》ろうと思って、列のビリから二番目にはさまっていたが、飛んだ考え違いで、先頭がくたびれるとドン尻につくから、知らないうちに心太《ところてん》の様に押し出される仕掛けになって進むのだとは気がつかなかった。膝小僧くらいまでめり込む、二十間＊も歩くと頭がくらくらして来る。下りになると、僕だけが雪の林の中にとり残されて七顚八倒《しちてんばっとう》する。ラッセルの方がまだましみたいなものである。やっとの思いで林を抜けると、遥か遠くの一行に死にもの狂いで追いつくのだ。大きな山毛欅《ぶな》の木を、両股の間にしっかり抱え込んで、のけ様にひっくり返り、僅《わず》かに顔だけが空気に曝《さら》されて、どう力を入れようにもびくとも手足が動かなかった時などは、あたりがしんかんとして来て、やれやれこれで死ぬのかと思った。

焼額の東側を巻いて熟平《じゅくだいら》に出、カヤの平辺りに来た時には、ヌクヌクと立った山毛欅の肌が紫色に見えた。こいつはいけないと思って頭を振ってみるが、妙にあたりが気が遠くなる様に美しい。兎が方々から飛び出す毎《ごと》に、一行は喚声をあげるが、こっちはもう兎もへちまもない夢見心地だ。カヤの平を出ると急に眼界が開けて、強い爽やかな風が吹き、まっ白い妙高の姿がくっきりと目の前に現れたが、これでまず半分、これから大次郎山にかかると言われて泣き度くなった。

大次郎山の手前で、例によって僕一人下りの遅れを取戻そうと泣きの涙で頑張って登って行くと、何処《どこ》かの大学の山岳部の人だというブーさんとかいう人が、一人一行に遅れて地図を按《あん》じて景色を眺めている。声を掛ける元気もなく一行に追いつくと、これもとある山のてっぺんで行き悩んでいる様子である。ブーさんは道が違うと断定した。天狗主人のいう大次郎は城蔵《じょうくら》とかいう山で、主人のいう毛無山というのは高社山だと断定した。高社山というのは確か上林《かんばやし》に行く時電車から見えたのを覚えているから、随分馬鹿みたいな間違いだと僕はひそかに考えたが、兎も角評定《ひょうじょう》の間休めるのが何よりで、毛無に出ようが何処に出ようがこっちの能力外に属する事だから、僕は娘さんから飴チョコをもらって四方の景色を眺めた。ブーさんの毛無だというのは、まだ遠くの方で丸くなっていて毛が生えていた。夕暮はもう迫っていた。もう一ッ走りだ、やるべえ、やるべえ、などと青年達が言っている。覚悟はきめているもののいい気持ちではない。

やがてブーさんという人の主張で、馬曲《まぐせ》という部落に下りる事に決った。もう薄闇で凸凹もわからない沢を少くとも僕だけは滅茶苦茶に転げ落ちた。一行からすっかり離れて了った僕に主人と番頭さんが附いていてくれたが、五間とは立ちつづけていない奴に附いているのだから、ずい分大変な事だったろうが、こっちは何んの因果でと思うとまるで護送でもされてる様な気がして無性に腹が立って来て、感謝の表情すら不可能なのである。道らしいものに出た時にはもうすっかり夜であった。みんなは焚《たき》火《び》をして僕を待っていてくれた。カンテラの灯を頼りに馬曲について、腹わたに滲《し》みる様な水を飲まされると、どうでももう勝手にしやがれと思った。中村の村についたのは十二時過ぎであった。飯山まで行くという一行にわかれて深田と二人で宿屋に行き、酒を呑み、いい修業になった、など減らず口をきいて寝て了った。翌日は昼ごろまで寝て、性懲《しょうこ》りもなく高社山に登って湯田中に下ろうという深田の説に賛成した。スキーコースには赤い旗が立っているという、幸い行けども行けども赤旗が見附からないので、中途から引きかえして、木島の駅に出たから大事に至らずすんだ。上林の温泉につくと久米正雄などの一行がついていて、君達が行方不明になり、半鐘がなって消防が出ちまったと聞かされ、恐縮した。翌日、丸池ヒュッテの裏山で滑っていて、エヤーシップ*の空罐《あきかん》を蹴っ飛ばそうと思い、したたか滑って来てスキーをぶつけたら、カーンと飛ぶどころか、大変な手応えで、もんどり打ってひっくり返った。スキーは折れてけし飛び、向う脛《むこずね》を、こいつも折ったと思う程ぶっつけた。白樺の切株だったのである。宿屋に帰って見ると、足が二倍くらいに膨れ上っているのには驚いた。

一緒に行った写真屋さんが、脱脂綿にザブザブにヨードチンキをかけて湿布してくれた。療治は少々荒いがこれが一番だという。しみるしみると思うのを荒療治というから仕方があるまいと我慢していたら、すっかり火ぶくれになった。東京に帰ってすっかり上が潰れちまったひどい足を、友人の医者に見せたら、呆れ返って、ヨーチンの湿布だなんて非常識な奴だ、馬鹿といった、併しこれが一番だと言ったんだ、誰が言ったんだ、まさか写真屋がとは言い兼ねた。

深田久弥　（一九〇三―七一）作家、登山家。著者とともに「文学界」同人。戦後はおもに山岳紀行・山岳随筆で活躍した。
毛無　毛無山。長野県下高井郡にある。
アザラシ　アザラシの毛皮。スキーをはいて斜面を登る時のすべりどめとして滑走面につけた。
二十間　一間＝約一・八二メートル。
エヤーシップ　たばこの銘柄「エァーシップ」。一九一〇年に缶入り五十本で発売された。

美を求める心

近頃は、展覧会や音楽会が盛んに開かれて、絵を見たり、音楽を聴いたりする人々の数も急に殖《ふ》えてきた様子です。その為でしょうか、若い人達から、よく絵や音楽について意見を聞かれるようになりました。近頃の絵や音楽は難かしくてよく判らぬ、ああいうものが解るようになるには、どういう勉強をしたらいいか、どういう本を読んだらいいか、という質問が、大変多いのです。私は、美術や音楽に関する本を読むことも結構であろうが、それよりも、何も考えずに、沢山見たり聴いたりする事が第一だ、と何時《いつ》も答えています。

極端に言えば、絵や音楽を、解るとか解らないとかいうのが、もう間違っているのです。絵は、眼で見て楽しむものだ。音楽は、耳で聴いて感動するものだ。頭で解るとか解らないとか言うべき筋のものではありますまい。先ず、何を措《お》いても、見ることです。聴くことです。そういうと、そんな事は解り切った話だ、と諸君は言うでしょう。処が、私は、それはちっとも解り切った話ではない、諸君は、恐らく、その事を、よくよく考えて見たことはないだろうと言いたいのです。

昔の絵は、見ればよく解るが、近頃の絵は、例えば、ピカソの絵を見ても、何が何やらさっぱり解らない、と諸君は、やはり言いたいでしょう。それなら私は、こう言います。諸君が、昔ふうの絵を見て解るというのは、そういう絵を、諸君の眼が見慣れているということでしょう。ピカソの絵が解らないというのは、それが見慣れぬ形をしているからでしょう。見慣れて来れば、諸君は、もう解らないなどとは言わなくなるでしょう。だから、眼を慣らすことが第一だというのです。頭を働かすより、眼を働かすことが大事だと言うのです。

見るとか聴くとかという事を、簡単に考えてはいけない。ぼんやりしていても耳には音が聞えて来るし、特に見ようとしなくても、眼の前にあるものは眼に見える。耳の遠い人もあり、近眼の人もあるが、そういうのは病気で、健康な眼や耳を持ってさえいれば、見たり聞いたりすることは、誰にでも出来る易《やさ》しい事だ。頭で考える事は難かしいかも知れないし、考えるのには努力が要るが、見たり聴いたりすることに、何の努力が要ろうか。そんなふうに、考えがちなものですが、それは間違いです。見ることも聴くことも、考えることと同じように、難かしい、努力を要する仕事なのです。

例えば、野球の選手の眼には、諸君より、遥かによく球が見えているでしょう。或る人に聞いたが、川上選手*は打撃の調子のいい時は、球が眼の前で止って見える、と人に語ったそうだ。私は、誇張ではないと思う。そんなふうに、球が見えて来るためには、眼を働かせる努力と練習とがどれほど必要であったかを考えてみるべきです。画家でも音楽家でも同じ事で、彼等は、色を見、音を聴く訓練と努力の結果、普通の人には殆ど信じられないほどの、色の微妙な調子を見分け、細かな音を聴き分けているに違いないのです。優れた絵や音楽は、そういう眼や耳を持った人の、色や音の組合せなのですから、ただぼんやりとしていれば、絵は自《おのずか》ら眼に写って来る、音楽は耳に聞えて来るというようなことはあり得ないのです。

私達が、普通、私達の生活の中で、どんな具合に眼を働かせているかを考えてみるとよい。特になんの目的もなく物の形だとか色合いだとか、その調和の美しさだとか、を見るという事、謂《い》わば、ただ物を見るために物を見る、そういうふうに眼を働かすという事が、どんなに少いかにすぐ気が附くでしょう。例えば、時計を見るのは時間を知るためです。だから時計を見ても針だけしか見ない。林檎は食べるもので、椅子は腰掛けるものだ。だから、林檎が、どんなに美しい色合いをしているか、つくづく眺めた事のある人は少い。毎日坐っている椅子が、どんな形をしているか、はっきりと見定めている人など殆どないでしょう。

話は私事になるが、私は、ロンドンのダンヒルの店で、なんの特徴もないが、古風な、如何《いか》にも美しい形をしたライターを見附けて買って来た。書斎の机の上に置いてあるから、今までに沢山の来客が、それで煙草の火をつけた訳だが、火をつける序《つい》でに、よく見て、これは美しいライターだと言ってくれた人は一人もない。成る程、見る人はあるが、ちょっと見たかと思うと、直ぐ口をきく。これは何処のライターだ、ダンヒルか、いくらだ、それでおしまいです。黙って一分間も眺めた人はない。詰らぬ話をするなどと言わないで下さい。諸君は試みに黙ってライターの形を一分間眺めて見るといい。一分間にどれ程沢山なものが眼に見えて来るかに驚くでしょう。そしてライターの形だけを黙って眺める一分間がどれ程長いものかに驚くでしょう。見ることは喋ることではない。言葉は眼の邪魔になるものです。例えば、諸君が野原を歩いていていて一輪の美しい花の咲いているのを見たとする。見ると、それは菫《すみれ》の花だとわかる。何だ、菫の花か、と思った瞬間に、諸君はもう花の形も色も見るのを止めるでしょう。諸君は心の中でお喋りをしたのです。菫の花という言葉が、諸君の心のうちに這入《はい》って来れば、諸君は、もう眼を閉じるのです。それほど、黙って物を見るという事は難かしいことです。菫の花だと解るという事は、花の姿や色の美しい感じを言葉で置き換えて了うことです。言葉の邪魔の這入らぬ花の美しい感じを、そのまま、持ち続け、花を黙って見続けていれば、花は諸君に、嘗《かつ》て見た事もなかった様な美しさを、それこそ限りなく明かすでしょう。画家は、皆そういう風に花を見ているのです。何年も何年も同じ花を見て描いているのです。そうして出来上った花の絵は、やはり画家が花を見たような見方で見なければ何にもならない。絵は、画家が、黙って見た美しい花の感じを現しているのです。花の名前なぞを現しているのではありません。何か妙なものは、何んだろうと思って、諸君は、注意して見ます。その妙なものの名前が知りたくて見るのです。何んだ、菫の花だったのかとわかれば、もう見ません。これは好奇心であって、画家が見るという見る事ではありません。画家が花を見るのは好奇心からではない。花への愛情です。愛情ですから平凡な菫の花だと解りきっている花を見て、見厭きないのです。好奇心から、ピカソの展覧会なぞへ出かけて行っても何んにもなりません。

美しい自然を眺め、或は、美しい絵を眺めて感動した時、その感動はとても言葉で言い現せないと思った経験は、誰にでもあるでしょう。諸君は、何んとも言えず美しいと言うでしょう。この何んとも言えないものこそ、絵かきが諸君の眼を通じて直接に諸君の心に伝え度いと願っているのだ。音楽は、諸君の耳から這入って真直ぐに諸君の心に到り、これを波立たせるものだ。美しいものは、諸君を黙らせます。美には、人を沈黙させる力があるのです。これが美の持つ根本の力であり、根本の性質です。絵や音楽が本当に解るという事は、こういう沈黙の力に堪える経験をよく味う事に他なりません。ですから、絵や音楽について沢山の知識を持ち、様々な意見を吐ける人が、必ずしも絵や音楽が解った人とは限りません。解るという言葉にも、いろいろな意味がある。人間は、いろいろな解り方をするものだからです。絵や音楽が解ると言うのは、絵や音楽を感ずる事です。愛する事です。知識の浅い、少ししか言葉を持たぬ子供でも、何んでも直ぐ頭で解りたがる大人より、美しいものに関する経験は、よほど深いかも知れません。実際、優れた芸術家は、大人になっても、子供の心を失っていないものです。

諸君は言うかも知れない。成る程、絵や音楽の現す美しさは、言うに言われぬものかも知れない。これを味うのには、言葉なぞ、かえって邪魔かも知れない。しかし、それなら詩というものはどうなのか、詩は、言葉で出来ているではないか、と。だが、詩人とても同じ事なのです。成る程、詩人は言葉で詩を作る。しかし、言うに言われぬものを、どうしたら言葉によって現す事が出来るかと、工夫に工夫を重ねて、これに成功した人を詩人と言うのです。

田児《たご》の浦ゆ打出《うちい》でて見れば真白《ましろ》にぞ富士の高嶺《たかね》に雪はふりける

これは、山部赤人《やまべのあかひと》の有名な歌で、誰でも知っている。歌の意味も、読んで字の通り、誰にでもわかる。現代使われていない言葉は、「田児の浦ゆ」の「ゆ」という言葉だけだ。「ゆ」というのは、例えば東京から神戸へ、の「から」という現代の言葉に当ります。もし諸君が、この歌を読んで、美しい歌だと思うなら、諸君に美しいと思わせるものは、この歌の文字通りの意味ではないでしょう。やはり、富士を見た時の言うに言われぬ赤人の感動が、諸君の心を打つからではありませんか。歌人は、言い現し難い感動を、絵かきが色を、音楽家が音を使うのと同じ意味合いで、言葉を使って現そうと工夫するのです。成る程、詩人の使う言葉も、諸君が日常使っている言葉も同じ言葉だ。言葉というものは、勝手に一人で発明できるものではない。歌人でも、皆が使って、よく知っている言葉を取り上げるより他はない。ただ、歌人は、そういう日常の言葉を、綿密に選択して、これを様々に組合せて、はっきりした歌の姿を、詩の形を、作り上げるのです。すると、日常の言葉は、この姿、形のなかで、日常、まるで持たなかった力を得て来るのです。赤人の歌が、見たところ、どんなに楽々と自然に、まるで、赤人の感動が、そのまま言葉となっているように思われようとも、実は、大変な苦心が払われているのです。苦心など表に現さぬところが、大歌人の苦心なのです。

扨《さ》て、前に、諸君が日常生活で、どんな風に、眼を働かせているかについて述べたが、此処《ここ》でも、では、どんな風に言葉を使っているかを反省してみて下さい。例えば、

「煙草を下さい」と誰かに言って、煙草が手に入ったら、「煙草を下さい」という言葉は、もう用はない。その言葉は捨てられて了います。いや、「煙草を下さい」という言葉が、相手に通じたら、もう、その言葉には用はないでしょう。相手も言われた言葉が理解出来たら、もうその言葉に用はないでしょう。日常生活では、言葉は用事が足りたら、みな消えてなくなる。そういう風に使われていることに、諸君は気が附かれるでしょう。言葉は、人間の行動と理解との為の道具なのです。

ところで、歌や詩は、諸君に、何かをしろと命じますか。私の気持ちが理解できたかと言っていますか。諸君は、歌に接して、何をするのでもない、何を理解するのでもない。その美しさを感ずるだけです。何の為に感ずるのか。何の為でもない。ただ美しいと感ずるのです。歌や詩は、解って了えば、それでお了いというものではないでしょう。では、歌や詩は、わからぬものなのか。そうです。わからぬものなのです。この事をよく考えてみて下さい。ある言葉が、かくかくの意味であるとわかるには、Aという言葉を、Bという言葉に直して、Aという言葉の代りにBという言葉を置き代えてみてもよい。置き代えてみれば合点がゆくという事でしょう。赤人の歌を、他の言葉に直して、歌に置き代えてみる事が出来ますか。それは駄目です。ですから、そういう意味では、歌は、まさにわからぬものなのです。歌は、意味のわかる言葉ではない。感じられる言葉の姿、形なのです。言葉には、意味もあるが、姿、形というものもある、ということをよく心に留めて下さい。

言葉の姿と言っても、眼に見える活字の恰好ではない。諸君の心に直かに映ずる姿です。この歌の姿という事は、古くから日本の歌人が、歌には一番大切なものと考えて来たものです。西洋では詩のフォームと言い、このフォームという言葉は、今日、形式と訳されて使われておりますが、フォームという西洋でも古い言葉は、日本にも古くからある姿という言葉で訳す方が、よほどいい訳なのです。それはともかく、姿のいい人がある様に、姿のいい歌がある。歌人の歌の言葉は、真白な雪の降った富士の山のような美しい姿をしているのです。だから、赤人は、富士を見た時の感動を、言葉に現した、或は言葉にした、と言うよりも、そういう感動に、言葉によって、姿を与えたと言った方がいいのです。感動というものは、読んで字の如く、感情が動いている状態です。動いているが、やがて静まり、消えて了うものです。そういう強い不安定な感動を、言葉を使って整えて、安定した動かぬ姿にしたと言った方がいいのです。

私達の感動というものは、自ら外に現れるものだ。顔の表情となって現れたり、叫びとなって現れたりします。そして、感動は消えて了うものです。だが、どんなに美しいものを見た時の感動も、そういうふうに自然に外に現れるのでは、美しくはないでしょう。そういう時の人の表情は、醜く見えるかも知れないし、又、滑稽に見えるかも知れない。そういう時の叫び声にしても、決して美しいものではありますまい。例えば諸君は悲しければ泣くでしょう。でも、あんまりおかしい時でも涙が出るでしょう。涙は歌ではないし、泣いていては歌は出来ない。悲しみの歌を作る詩人は、自分の悲しみを、よく見定める人です。悲しいといってただ泣く人ではない。自分の悲しみに溺れず、負けず、これを見定め、これをはっきりと感じ、これを言葉の姿に整えて見せる人です。

　詩人は、自分の悲しみを、言葉で誇張して見せるのでもなければ、飾り立てて見せるのでもない。一輪の花に美しい姿がある様に、放って置けば消えて了う、取るに足らぬ小さな自分の悲しみにも、これを粗末に扱わず、はっきり見定めれば、美しい姿のあることを知っている人です。悲しみの歌は、詩人が、心の眼で見た悲しみの姿なのです。これを読んで、感動する人は、まるで、自分の悲しみを歌って貰ったような気持ちになるでしょう。悲しい気持ちに誘われるでしょうが、もうその悲しみは、ふだんの生活のなかで悲しみ、心が乱れ、涙を流し、苦しい思いをする、その悲しみとは違うでしょう。悲しみの安らかな、静かな姿を感じるでしょう。そして、詩人は、どういう風に、悲しみに打ち勝つかを合点するでしょう。

「美を求める心」という大きな課題に対して、私は、小さな事ばかり、お話しししている様ですが、私は、美の問題は、美とは何かという様な面倒な議論の問題ではなく、私たちめいめいの、小さな、はっきりした美しさの経験が根本だ、と考えているからです。美しいと思うことは、物の美しい姿を感じる事です。美を求める心とは、物の美しい姿を求める心です。絵だけが姿を見せるのではない。音楽は音の姿を耳に伝えます。文学の姿は、心が感じます。だから、姿とは、そういう意味合いの言葉で、ただ普通に言う物の形とか、恰好とかいうことではない。あの人は、姿のいい人だ、とか、様子のいい人だとか言いますが、それは、ただ、その人の姿勢が正しいとか、恰好のいい体附をしているとかいう意味ではないでしょう。その人の優しい心や、人柄も含めて、姿がいいというのでしょう。絵や音楽や詩の姿とは、そういう意味の姿です。姿がそのまま、これを創り出した人の心を語っているのです。

そういう姿を感じる能力は誰にでも備わり、そういう姿を求める心は誰にでもあるのです。ただ、この能力が、私たちにとって、どんなに貴重な能力であるか、又、この能力は、養い育てようとしなければ衰弱して了うことを、知っている人は、少いのです。今日の様に、知識や学問が普及し、尊重される様になると、人々は、物を感ずる能力の方を、知らず識らずのうちに、疎《おろそ》かにするようになるのです。物の性質を知ろうとする様になるのです。物の性質を知ろうとする知識や学問の道は、物の姿をいわば壊す行き方をするからです。例えば、ある花の性質を知るとは、どんな形の花弁が何枚あるか、雄蕊《おしべ》、雌蕊《めしべ》はどんな構造をしているか、色素は何々か、という様に、物を部分に分け、要素に分けて行くやり方ですが、花の姿の美しさを感ずる時には、私達は何時も花全体を一と目で感ずるのです。だから感ずる事など易しい事だと思い込んで了うのです。

一輪の花の美しさをよくよく感ずるという事は難かしい事だ。仮にそれは易しい事だとしても、人間の美しさ、立派さを感ずる事は、易しい事ではありますまい。又、知識がどんなにあっても、優しい感情を持っていない人は、立派な人間だとは言われまい。そして、優しい感情を持つ人とは、物事をよく感ずる心を持っている人ではありませんか。神経質で、物事にすぐ感じても、いらいらしている人がある。そんな人は、優しい心を持っていない場合が多いものです。そんな人は、美しい物の姿を正しく感ずる心を持った人ではない。ただ、びくびくしているだけなのです。ですから、感ずるということも学ばなければならないものなのです。そして、立派な芸術というものは、正しく、豊かに感ずる事を、人々に何時も教えているものなのです。

川上選手　川上哲治（一九二〇―）プロ野球選手。一九三八年に巨人軍に入団し黄金時代を築く。数々の輝かしい記録を残し、現役時代「打撃の神様」と呼ばれた。

II

喋ることと書くこと

昔は文章体と口語体とがはっきり分れていたが、今の文学者は、皆口語体で書いているから、喋る事と書く事との区別が一般に非常に曖昧になって来ています。私は講演をずい分活字にしておりますが、本で私の講演を読まれた方は、私が余程上手な講演をしている様にお感じになるかも知れない。だけど、それはみんな嘘なので、あれは後ですっかり直すんです。つまり、さも巧い講演をした様な感じをどうして読者に与えようかといろいろ文章に工夫を凝《こら》しているわけで、工夫をしていると、ところどころに括弧をして、笑声とか拍手とか書きたくなる程である。だが、これはやらない、入れたら文章にはならない。笑声や拍手の括弧の這入った講演速記録を読むくらい退屈なものはない。人の声を耳で聞くことと、文字を目で追う事とは大変な違いがあるものです。

私は、文士の講演もずい分聞きましたが、私の聞いたなかでは、菊池寛さんの講演が一番うまいと思いました。あの人は決して所謂《いわゆる》雄弁家ではなかった、一体リアリストに雄弁家なんというものは先《ま》ずありませぬ。菊池さんは、又、所謂話上手な人でもなかった。あの人の講演がいつも成功していたのは、話の内容に空疎《くうそ》なものがなかった事にもよるが、一番の原因は、いつも眼前の聴衆の心理を捉えていた、話すにつれて、聴衆はいろいろに反応するが、その反応をいつも見てとっていたところにあった。「僕は、演壇を机の前まで歩いて行くうちに、今日の講演は受けるか受けないかわかって了《しま》う」と菊池さんは私に言った事があります。あの人が演壇を歩いて行く姿を見て聴衆は笑うのです。無論滑稽だから笑うのではない。何となく様子がユーモラスだから笑うのです。だが菊池さんの様子がユーモラスだと感ずる為には、菊池さんの作品を読んで、既にこの作家に親しみを感じていなければならぬ。つまり、この場合、聴衆は、われ知らず自分達の教養の程度を笑い声によって表現して了う。従って、講演者は、講演の成功不成功のバロメーターを机まで歩いて行くうちに与えられるというわけです。聴衆がクスリともしなければ、机に行きつくまでに話題を代える事にしていた、と菊池さんは言いました。僕の講演が受けなくって、がっかりしていると、聞いていた菊池さんは笑ってこんな事を言った事がある。「君みたいに話の筋を無理に通そうとしたって駄目だよ」。成る程、あの人の話を聞いていると、そこはもう自在なもので、例えば、暫《しばら》く黙っていたかと思うと、突然、「ええ、源義経という大将は、なかなか面白い大将でして……」という様な事を言う、前の話と何んの関係もない。だが、そう言われてみれば、聴衆の方は源義経の事ばかり考え、前の方は忘れて、さきに進んでくれるから、別段仔細《しさい》はない。又、話に詰まれば、「伊達政宗という人は……」とやればよい。講演者がさきへさきへと進むのに、立ち止って考え込むわけにはいかない。聴衆は自分の時間というものを持っていない。たまたま持つ者がある。彼はあたりを見廻して欠伸をしています。実際、われに還った時、欠伸の出ない講演会なぞ先ずないと言っていいでしょう。人々が共通の目的を持って一堂に会すれば、必ずその場の雰囲気に支配される。講演を楽しもう、せっかくやって来たのだから面白がらなくては損だ、という集団心理の協力が先ずなければ、講演者は何一つ出来る筈がない。まあ講演にもいろいろあるだろうが、私の経験した文芸講演会などはみなこの手です。それで受けないのだから、よっぽど話が下手なわけだ。併《しか》し、上手だと言っても、文士の講演なぞ高が知れている。辰野《たつの》隆《ゆたか》博士*などはずい分講演の上手な方だ。あんまり方々で講演を頼まれるので、種がつきた。仕方がないから、何処かで演題を少々代えて同じ話をしたところが、貴様は詐欺だという葉書が舞い込んだそうです。聴衆は同じ講演を二度聞く雅量を持たぬ。辰野さんくらい巧くなっても、やれば詐欺だという事になる。とても落語家の様には参りませぬ。

本を読む人は、自分の自由な読書の時間を持っている。詰らぬ処をとばして読もうが、興味ある処に立ち止り繰返し読んで考え込もうが、彼の自由です。めいめいが彼自身の読書に関する自由を持っているのであって、読者は、聴衆の様な集団心理を経験する事はない。かようなものが成熟した読書人の楽しみです。作家は自分の為に書きはしない。作品は独り言ではない。必ず読者というものを意識して書きます。だが例えばある現実の読者層というものを考えて、これに大体共通した心理とか思想とかいうものを予想して小説家が小説を書くという様な場合、これはどうも文学の問題としては扱い難いでしょう。つまり、この場合の読者層は、作家の意のままになる受身な未成熟な読書人達であるし、これを目当てにして書く作家の側からしても、書くとは商売の掛け引き上の問題になるでしょう。作家の真面目な努力は、どうしても、作品を前にして自由に感じ自由に考える成熟した読書人を意識せざるを得ないでしょう。かような読者を作家はどうして捉える事が出来るか。こういう読者の心理を予見するという事は無意味だし、彼は、こちらの言葉の綾《あや》に乗って夢を見る様な受身の人間でもありますまい。

こういう読み手を、書く人は、ただ尊重し、これに信頼するより他はないでしょう。そういう意味で、作家は、自分の裡《うち》に理想的読者を持つのです。書くとは、自ら自由に感じ考えるという極まり難い努力が、理想的読者のうちで、書く都度に完了すると信ずる事だ。徹底して考えて行くと、現代では書くという事は、そういう孤独な苦しい仕事になっている様に思われます。

ここで少し話題を変えましょう。文字のない時代は、勿論、人間は皆喋ってばかりいた。成る程、文字が出来て書物は出来たが、その時代、人々は書物というものをどう考えていたかという事は、私達にはなかなか考え難い事であります。何故かというと、今日私達のいう書物とは、紙と活字と印刷機械との産物であって、これらの発明は、文字の発明に劣らぬ大発明であって、書物は、これら技術上の発明によって、その意味を大変変えて来たからであります。私達が、本を読むとは、一人で黙って眼で活字を追う事だ。こんな解り切った事も、僅かの写本を大切にしていた昔の人々には想像も出来なかった習慣でしょう。子供や読書に慣れぬ人は声を出して本を読む。黙って活字を眼で追うという事は、修練を重ねなければ、かなわぬ事です。その為には、大量の書物があって、容易にこれが手に這入るという条件が必要でしょう。書物が少かった時代には、少数の人しか読書をしなかっただろうと考えるのは大変な間違いでしょう。今日いう様な読書などは、誰もする人はなかった。文字のなかった時代の教養人とは、無論、何んでも頭で覚えていた人だ、そしてこれを上手に喋った人だ。そういう教養人の態度が、文字ができ書物が書かれると、急に変って来るという様な事は考えられぬ。学者とはずい分長い間、書物に書いてある知識ぐらいは皆空で覚えていた人だったでしょう。書物は、記憶の不確かな処を確かめる用しかしなかったでしょう。又、この知識を人に伝えようとして、著書を出版するという事も不可能だったから、人々を集めて喋るより他はなかったでしょう。詩は言うまでもないが、散文にしても物語りだった。読まれたのではない、語られたのです。本は、歌われたり語られたりしなければその真価を現す事は出来なかったのです。

　田中美知太郎《たなかみちたろう》*さんがプラトンの事を書いていたのを、いつか読んで大変面白いと思った事がありますが、プラトンは、書物というものをはっきり軽蔑していたそうです。彼の考えによれば、書物を何度開けてみたって、同じ言葉が書いてある、一向面白くもないではないか、人間に向って質問すれば返事をするが、書物は絵に描いた馬の様に、いつも同じ顔をして黙っている。人を見て法を説けという事があるが、書物は人を見るわけにはいかない。だからそれをいい事にして、馬鹿者どもは、生齧《なまかじ》りの知識を振り廻して得意にもなるのである。プラトンは、そういう考えを持っていたから、書くという事を重んじなかった。書く事は文士に任せて置けばよい。哲学者には、もっと大きな仕事がある。人生の大事とは、物事を辛抱強く吟味する人が、生活の裡に、忽然《こつぜん》と悟るていのものであるから、たやすくは言葉には現せぬものだ、ましてこれを書き上げて書物という様な人に誤解されやすいものにして置くという様な事は、真っ平である。そういう意味の事を、彼は、その信ずべき書簡*で言っているそうです。従って彼によれば、ソクラテスがやった様に、生きた人間が出会って、互に全人格を賭《と》して問答をするという事が、真智を得る道だったのです。そういう次第であってみれば、今日残っている彼の全集は、彼の余技だったという事になる。彼の、アカデミア*に於ける本当の仕事は、皆消えてなくなって了ったという事になる。そこで、プラトン研究者の立場というものは、甚だ妙な事になる、と田中氏は言うのです。プラトンは、書物で本心を明かさなかったのだから、彼自ら哲学の第一義と考えていたものを、彼がどうでもいいと思っていた彼の著作の片言隻句からスパイしなければならぬ事情にあると言うのです。今日の哲学者達は、哲学の第一義を書物によって現し、スパイの来るのを待っている。プラトンは、書物は生きた人間の影に過ぎないと考えていたが、今日の著作者達は、影の工夫に生活を賭している。習慣は変って来る。ただ、人生の大事には汲み尽せないものがあるという事だけが変らないのかも知れませぬ。

文学者は、皆口語体でものを書く様になったので、書く事と喋る事との区別が曖昧になった、と、前に申しました。曖昧になっただけです。両者が歩み寄って来た様に思うのも外見に過ぎない。あれが文学で、あれが文章なら、自分にも書けそうだという人が増えた、文学を志望する事がやさしくなった、それだけの話で、とるに足らぬ事だ。それよりもよく考えてみると、実は、文学者にとって喋る事と書く事とが、今日の様に離れ離れになって了った事はないという事実に注意すべきだと思います。昔、歌われる為、語られる為の台本だった書物は、印刷され定価がつけられて、世間にばらまかれれば、これを書いた人間ももうどうしようもないという事になりました。今日の様な大散文時代は、印刷術の進歩と離しては考えられない、と言う事は、ただ表面的な事ではなく、書く人も、印刷という言語伝達上の技術の変革とともに歩調を合わせて書かざるを得なくなったという意味です。昔は、名文と言えば朗々誦《ず》すべきものだったが、印刷の進歩は、文章からリズムを奪い、文章は沈黙して了ったと言えましょう。散文が詩を逃れると、詩も亦《また》散文に近附いて来た。今日、電車の中で、岩波文庫版で「金槐集」を読む人の、考えながら感じている詩と、愛人の声は勿論その筆跡まで感じて、喜び或は悲しむ昔の人の詩とは何んという違いでしょう。散文は、人の感覚に直接に訴える場合に生ずる不自由を捨てて、表現上の大きな自由を得ました。この言わば肉体を放棄した精神の自由が、甚だ不安定なものである事は、散文が、自分を強制する事も、読者を強制する事も、自ら進んで捨てた以上仕方がない事でしょう。いい散文は、決して人の弱味につけ込みはしないし、人を酔わせもしない。読者は覚めていれば覚めている程いいと言うでしょう。優れた散文に、若《も》し感動があるとすれば、それは、認識や自覚のもたらす感動だと思います。

散文の芸術は、芸術のうちで、一番抽象的な知的なものだ。活字から直接に感動に達する通路は全くない。活字は精神に、知性に訴えるものなのです。そして、ともすれば博学のうちに眠ろうとする知性を目覚まし、或は機械的な論証のうちに硬直しようとする精神に活を与えようとするものなのです。散文の芸術が持っているこういうはっきりした力が曖昧にしか考えられていないというのも、こういう力を純粋に行使する散文家が稀なのにもよりますが、一方、今日、隆盛を極めている小説という散文の芸術が、散文の自由な表現力をたのんで、あんまり節制なく書き散らされているからでもありましょう。元来、センセーショナルなものに直接には無縁な散文は、センセーショナルなものに極力抵抗すべきなのだ。だが、センセーショナルな書き方をすれば、弱い頭脳を充分に惹きつける事が出来るというところが、小説家の大きな誘惑となる。やがて映画が、そういう弱い散文家を呑み尽すに至るでしょう。

辰野隆　（一八八八―一九六四）フランス文学者、随筆家。東京帝国大学で日本人初の仏文学講座担当者となる。門下からは多くの俊秀が輩出し、著者もそのひとり。

田中美知太郎　（一九〇二―八五）哲学者、評論家。古代ギリシア哲学研究の一方で、政治評論も多数発表。一五二頁からの対談「教養ということ」参照。

信ずべき書簡　七番目の書簡。プラトンには真偽さまざまの十三通の書簡があるが、七番目はとくに優良な資料とされる。

アカデミア　Akadēmeia（アカデメイア）プラトンが紀元前三八七年頃にアテナイの北西郊外に開いた学園。

文章について

一体文章について書くということが、考えてみると私には大変な重荷です。私は文章についてなんの確信も持っておりません。文章論というものは古来自分は名文家だと思っていた人々が書いたものらしく存じます。私などが書いたら飛んでもないことになる。

で、如何に小生は文章に確信がないかということを、実は書き始めたのでありますが、なんという骨折損のくたびれもうけ的原稿だろうと、三枚程書いたら厭になりました。お察し下さい。こんな厭な仕事はないですよ。

先日友達の所に行ったら、そこの四つになる息子が母親に床の間にある唐獅子《からしし》を指して「なんだ、なんだ」と聞いていた。母親が唐ししだと教えると、子供は「ははあ、サンドウヰチの中にいれるもんだね」と言いました。作り話じゃありません。ほんとの話なんだからやり切れない。作り話だとしてもたれも笑う権利はありますまい。

こんな話でも考えてみれば言語上の無気味な問題が呈出されている。一口に言えば次の様な事になるでしょう。ものを認識する事と、そのものに関する記号を製造する事とは同一事実であり、そのものがあいまいな場合は無論ですが、判然としたものの場合だって、そのものに関する記号は、そのものの実体と必ずしも一致しない。一致しなくてもその記号の内容として或る感動があれば、記号はものから離れ、独立して自己を主張する、と。

まあ人間の発明する記号の種類は無限にあるだろうが、文学の場合上述の様な独立的記号が基本となります。

もう一つ厄介な事はこの独立的記号が、ある時、ある場合、ある条件のもとに発音されます。然《しか》しこれはこのままでは文学にはならない。文学になるには活字になる必要があります。活字になってから人々は（作者ももちろん含まれております）この活字から逆に活字が発音されたある時、ある場所、ある条件等々を捜ります。この捜りをいれる事が文学です。文学と申して悪ければ文章論です。大てい厭になりますよ。

名文か悪文かという事は、成る程ある程度までは、文学的作法によってきめられております。あるいは文学的作法を修得する事によって区別出来ます。この作法を世間では普通修辞学といっております。然し由来作法ですから、知っている人は、知らない人より上品な顔が出来るのが一得だというだけのものですし、又、世には作法を黙殺する感動はそこら中にあるわけです。

佐久間縦長*の遺書は名文か悪文かという問題はあんまりやさしくない。佐久間艇長じゃなくても、近頃「毎日新聞」にこういう難かしい兵隊さんの手記が出ております。バルザックとかドストエフスキイとかいう文士らしくない文士の文章にはこういう例がふんだんにあります。

諸君も巧い文章を書こうと努力されておると存じます、私も大変努力しております。

併しお互に努力しても巧くなるとは限らぬ事だけは確かです。

佐久間艇長　佐久間勉（一八七九―一九一〇）明治時代の海軍軍人。山口県新港沖で潜航訓練中に水没事故で殉職。このとき最後まで沈没の原因などを遺書に書き続けた。

文章について

文章の問題は、大変難かしい複雑した問題で、一般に文章とは、という書出しでは、どう書いたものか見当に迷う次第だから、狭い経験乍《なが》ら、自分の経験から思い浮ぶままに書いて行く事にする。

評論家というものは、小説家ほど文章というものを重く見ない傾向がある。評論家を世間も亦そう見勝ちなものである。併し僕は初めからそういう考えは持っていなかった。今、若い頃に書いた自分の文章を読むと、ずい分拙く、読むに堪えぬものが多いが、それでも書いた当時には、それぞれ文の調子とか言い廻しとかにいろいろ工夫を凝したものである。いやそういう文章上の苦心は、今日以上にあれこれと払ったと思う。文章の調子なぞを余り気に掛けず、思うところをすらすらと書ける様になったのは、やっと最近の事である。

省みて自分の文章もずい分変ったと思う。確かに変えようと努めたには相違ないのだが、文章というものは、自分の文章とは言い乍ら、仲々思う様には変えられぬもので、他の様々な技術と同様に、頭でわかったからと言って、手の方が言う事をきかないという風な性質が多分にあるから、変って来た筋道が一々意識出来たわけではない。近頃文章が変ったと人から言われて成る程と思う様な事も屢々《しばしば》あったわけである。

ある評論の理論が整然としているとか、論証が精緻だとかいう様な事は、これは注意力の問題で、大した難題でもない。平たく言えば、頭さえよければいいのであるが、文章の良い悪いの問題になると、頭の良い悪いという様な事では片付かない。つまり良い文章を書く条件は、そんな簡単なものではない。或る評論が、論証に精《くわ》しいという事は結構な事だが、精しい論証が必ずしも読者を説得するとは限らない。頭脳は明晰だが一向感化力も説得力もないという人間が世間にはいる様に、そんな人間をそっくり思わせる様な評論もあるので、そういう評論を書いて事が足りている限り、文章に関する本質的な問題は起り得ないであろう。

論証は精しいが説得力が貧しいという評論の性質をもう少し考えてみると、そういう評論は論理的な要素は充分に備え乍ら、心理的な要素に欠ける処があるのだ、という事になる。ある評論を読んで理窟は成る程そうだが、何か得心の行かぬ感じを読者が受けるのは、その評論に現れた理論が心理的な裏打ちを欠いている点を敏感に感じ取るが為である。

理論上の細かい分析なぞは、評論を書き慣れた人には、そういうものに慣れない読者が考える程面倒なものではない。評論家がほんとうに困難を覚える処は、ただ理論の厳正を期するという事から一歩を進め、理論が読者の心理にどういう効果を与えるか、その効果も併せ計って、評論の文章がただ理路の通った文章に止まらず、魅力ある生きた文章たることを期するという点にある。なかなか力及ばず其処《そこ》まで行けないものだが、そういう覚悟で評論を書かないと何時まで経っても評論に精彩が出ないのである。

そういう点に評論の本質的な技巧があるわけだが、どういう風にその技巧を磨くかという事になると、これは小説家がその技巧を磨く方法と同様に一定した方法はないわけである。幾つも実際に文を創ってみて自得するより他はない。

評論を書き始めて暫くした頃、僕は自分の文章の平板な点、一本調子な点に次第に不満を覚えて来た事がある。努めて同じ問題をいろいろな面から角度から眺めて、豊富な文体を得ようとしたが、どうしたら得られるかわからない。仕方がないから、丁度切籠《きりこ》の硝子玉でも作る気で、或る問題の一面を出来るだけはっきり書いてごく短い一章を書くと、連絡なぞ全く考えずにまるで反対な面を切る気持ちで、反対な面から眺めた処を又出来るだけはっきりした文章に作り上げる。こうした短章を幾つも作ってみた事がある。だんだんやっているうちに、こういう諸短章を原稿用紙に芸もなく二行開きで並べるだけで、全体が切籠の硝子玉程度の文章にはなる様になった。そんな事を暫くやっているうちに、玉を作るのに先ず一面を磨き、次に反対の面を磨くという様な事をしなくても、一と息でいろいろの面が繰り展《の》べられる様な文が書ける様になった。

又こんな経験がある。ルナン*が、始めから結論を持って論文を書き始めるな、と言っているのを読んで、大変感じ入った事があるのを覚えている。僕はその頃先ずはっきりした結論、いやその結論の文句まで頭に浮ばないと筆がとれなかったものだ。僕の文章には読者は即興的な部分が非常に多いと思われるかも知れないが、ほんとうに即興の何物かを会得したのは最近の事で、初期の僕の文なぞは皆予《あらかじ》め隅々までも計算して書き始めたものだ。詰らぬ洒落まで下書きして清書したものだ。そういう習慣で書いていた頃だから、ルナンの言葉は非常に心に応えた。どうにかして予め決めた結論なぞに縛られず、延び延びと書ける気になりたいものだと思ったが、そんな冒険がどうしたら成功するか全く見当がつかなかった。無論そういう事に、確かな方法がある筈はない。仕方がないので、下書きというものを全然止《や》める事にした。結末がどうなるか決定しないで書き始めるという様な冒険はとても出来なかったが、ぶっつけに原稿紙に書き始めるという方法は、ともかく書き出しと最後の結論との間にあるいろいろな小さな結論を無視させるから、やってみると思い掛けない様々な文章上の急所を僕に明かしてくれた。こういう自由な書き方で、文章の姿をくずすまいとする事は、仲々難事であったが、長い間にはそれもどうにか出来る様になった。今ではもう一ったん書いた文章は、読み返しもしない。尤もこの状態が今後どう変るか自分でもはっきりしない。再び言うが、文章は確かに自分のものであり乍ら、又自分のものではないのである。

現代では、美文*というものは流行らない。そんなものは流行らない方が無論よいのであるが、美文の蔑視が文章というものの蔑視に進んでいる傾向があるのは争われないと思う。多くの文学者が、巧みに書こうとするより正確に観察しようとしている。そういう傾向は空々しい美文から離れるという点で結構な事だが、そういう道をあまり進み過ぎると、文章というものが、いや言葉というものが、観察者と観察対象との間を繋ぐ、単なる中間項の様なものになって了っているのに気が付かないでいる、という処まで陥《お》ちて行くものだ。そういう過誤は多くの人々が犯している。

心にもない事を書かぬという覚悟はよいが、はっきり心に思った事をそのまま書けばいい文章になるとは限らない。文章というものはそんなに易しいものではあるまい。考えたままを見たままを言葉に置き代えるという考え方からして大変軽薄なものである。そういう風な考え方をして文を作っているから、知らず知らずのうちに、言葉は考えを現す単なる符牒だという様な考えに陥る。

先ず考えというものを押し進める、それが言葉になるかならぬかは第二の問題だ、そういう心構えで、僕も評論を書き始めた頃は文章を書いていたものである。言葉は考えというものに隷属していると見做《みな》して、考えの赴くがままに言葉を自由に使おうとした。従って、既存の言葉を無視して、新しい言葉なり語法なりを勝手に作り出すという様な事も平気で出来たのである。

処《ところ》で、一方言葉というものは、万人共有の財であり、個人の考えによる全く勝手な発明という事は許されないのであるから、上述の様に、精神の赴くがままに言葉を自由に馳駆《ちく》しようとひたすら進むやり方では、既存の言葉というものが絶えず新しい考えを述べる障碍《しょうがい》と考えられ勝ちなのである。つまり精神は言葉を従えようとして、常に言葉の抵抗を感じていなければならぬ始末になる。こういう困難から逃れる事は、僕には容易ではなかった。要するに考えることとこれを表現することとの間に常に過不足を感じている、その苦痛から逃れる事は難かしかった。難解な言葉を使い度《た》がったり、捻《ひ》ねくれた語法を使い度くなったりしたのも、そこに由来していたのである。文学者が考えるとは即ち書く事であり、巧みに考えるとは巧みな言葉によって考えるという事に他ならぬ。そこまで行かなければ文章は生きて来ない。

先ず考え次にこれを言葉にするという呑気な考え方から文学者は出なくてはならない。そういう呑気な考え方が、例えば画家についても、画で表現しようとする思想が先ず画家の精神のうちにあり、これを色で飜訳《ほんやく》したものが画だという風な考え方をさせるのであるが、画家は実際には決してそういう事をしてはいない。色を塗って行くうちに自分の考えが次第にはっきりした形を取って行くのである。言葉を代えれば、彼は考えを色にするのではなく、色によって考えるのである。文学者に於ける言葉も亦画家に於ける色の様なものでなければならないのであって、これは文学者のうちでも一番純粋な詩人の仕事を考えればよくわかる様に、詩人の精神が言葉を馳駆するというより寧《むし》ろ言葉というものが詩人の精神を常に導いているのだ。

今日は既存の文章上の規範が非常に混乱していて、文学者達は、精神の自由を享楽している様に見えるが、実はほんとうに美しく真実な文章が現れるには大変不都合な条件がそなわっているのであって、文学者は本当に自由を享楽しているのか、それとも自由に苦しんでいるのか、甚だ疑わしいのである。

ルナン　Ernest Renan（一八二三―九二）フランスの思想家、宗教史家、文献学者。実証主義の思想家としてテーヌ（本文ではテエヌ）と並び称される。

美文　古典の形式にのっとり、美しい語句や修辞を巧みに用いた文。明治中期の文壇で流行した。

批評と批評家

僕は何時も考えることですが、先ず第一に一体文芸批評を志す人々があるのかしらんという疑問を持っています。作家を志望する人は沢山あるが、文芸批評を仕事にして行こうと決心して勉強を始める人が果してあるでしょうか。もしあったらそういう人には僕なぞの忠言は恐らく無用でしょう。そういう決心が、作家志願者のうようよしているなかで出来るという事が余程の決心と自信を既に語っているのですから。今若しそういう人があったら僕の貧しい経験でも参考の為に心からお話ししたいと思います。小説を書くのが望みで書けないままにずるずると文芸時評なぞを書き又文芸批評というものはまずそんなものだという様な人々に僕は何んにも言いたくはない。

もう一つ。僕は何故君は創作をやらずに批評を書き始めたかと聞かれたら、次の様に答える。自分の言い度い事が批評の形式を自然ととったのだ、と。批評と創作とどちらをやったらいいかを決定するものは、言い度い言葉がどちらの形式をとって流れ出すか、先ず言い度い事を言ってみる外《ほか》はない。批評文をいかに上手に作ろうかという事は先きの話しで、どんな批評を書くにせよ、おお根のところは、批評を書くのではなく、言い度い事が批評になるのだというはっきりした自信がなくてはならぬと思います。こういう自信がついて文芸批評を志す人があれば何も難かしい事はない。最初の土台がふらふらしているから批評の仕事をして行くうちに苦しくなったり貧しくなったりするのです。

批評について

私が批評を書き始めた頃は、批評家として立っている人も少なかったし、文学を志望する人にも将来批評家になろうという様な考えを持った人も少なかった。近頃は批評も盛んになって、批評を書いて行きたいが、どういう勉強をしたらいいかという様な質問を屢々若い人から受ける様になった。併《しか》し、私自身、批評家になろうと思って秩序立った勉強を少しもしたわけではないのだから、そういう質問には大変困る。困って、先ず濫読するということが必要でしょうと答える。私も、青年期、文学志望者であった時、何やら小説めいたものを書く事から始めた。その内に濫読癖が次第に昂《こう》じて来て、いろいろと傾向の極端に違った文学作品を濫読しているうちに、どういう傾向の仕事が文学として正しい道かという事に関して、だんだんと迷いが深くなって来て、何を書いたらいいか全く疑わしくなった。そういう不安の裡に、私の批評精神は育成されて行ったらしく、原稿を書く様になると自然に表現が批評的な形をとる様になったまでである。強い好奇心を持っている限り濫読というものは害はないと思う。

僕等の理解している批評という観念は、文学の歴史から言えば、大変新しい考えである。アリストテレスの昔から、文学批評というものは、言わば修辞学の域を脱しなかった。劇や詩の形式上の法則とか教義とかを論ずるのが批評であるという考え方は、ルネッサンスを経て近代まで持ち越されたものであったが、浪漫主義の文学運動が起るに及んで、この考えは崩壊したのである。一と口に言えば、形式尊重の時期を経て、個性尊重の時が現れるに至って、批評は、作品の背後に人間を見る様になった。それまで一様な形式のなかで一様化されて見えなかった個性が形式を破って躍り出すというところを批評は問題にせざるを得なくなった。近代の文学批評は、個人の権利とか自由とかの思想を離しては考えられない。近代文学批評の創始者は、言う迄もなくサント・ブーヴ*である。彼の厖大《ぼうだい》な批評集には、「月曜座談*」(Causeries du Lundi) という表題がついている。これは月曜日毎《ごと》に新聞に発表した文芸時評の集成なのであるが、この causerie というもの、これは座談とか雑談とかいう意味であるが、サント・ブーヴは批評精神の生命は座談とか雑談とかいうもののなかに在ると考えた。座談は、一人では出来ない、一人で勝手な事を言うのは告白である。座談には相手が要る。而《しか》も、論争ではないのであるから、理窟さえ正しければ相手を打ち負かせるという様な考えではお互に座談は始まらない。生き生きとした座談、雑談が進行するには、どうしても、自分で自由に談《かた》るとともに、相手の自由な意見も尊重して聞くという態度がお互に必要である。そういう自由な意見の交換や比較から生ずる生き生きとした判断に、批評の生命は宿っているという考えである。又、注意すべきは、私達が、生き生きと座談している場合に生ずるそういう批評は、自己に関する批評であるか他人に関する批評であるかが判然しない。私達は、相手を語ることによって自己を語り、反省的評言によって相手を論じている、そういう事をやるものである。つまり批評精神の最も根源的なもの、純粋なものと辿って行くと自己批評とか自己理解とかいうものを極限としているという事がわかって来る。それを私達は愉快な雑談のうちに行っているのである。行ってはいるが、私達はそれと気付かないし、雑談は、その場限りで直ぐ忘れられて了《しま》う。従って批評の精髄というものは、潑剌《はつらつ》としているが、甚だ捕え難い不安心なものなのである。又、こういう事もある。雑談で他人の蔭口などが言われる場合、随分辛辣な適確な口の利き方を人々は我知らずやるものである。当人を眼の前に置いてはとても出来ないという様な話になるものである。サント・ブーヴに、死後発表された手帳*があり、これにその時代の作品や思想家に対する非常に辛辣な評言が書かれている。これらの評言は、あまり直《じ》かな烈《はげ》しい観察をそのまま吐露したものであるから、公表するのは適しない。言わば、これは毒薬の状態にある顔料の様なものので、人の見る絵となる為には、毒薬を薄めねばならぬと言っている。要するに、批評文となって公表される場合、座談雑談のうちに現れる批評は、修正されねばならぬ。消え易く不安定なものには、適当な形を与え、熱したものはさまし、毒は薄めねばならぬが、そういう座談雑談のうちにある批評の生命ともいうべきものが、様々な形で批評文の中に生きつづけていなければならぬ。それが批評の魅力であり説得力なのであって、そこが批評と学問との違いなのである。

サント・ブーヴの批評の上で行ったもう一つの大事な事は、次の彼の言葉が語っている。「分析し、採集する事。私は自然科学者だ。私の組織したいものは文学の博物史である」と。この言葉に明かな様に、彼の表向の批評の方法は客観主義なのである。ただ批評が自然科学と異る処は、前に書いた様に、その生命は生活の中にある生きた智慧や感受性にあるのであり、この命を殺さずに科学的な方法を利用するのはどうしたらよいかに問題があるのである。併し両者をうまく妥協させる様な道はないのであって、サント・ブーヴは、両者の矛盾を、そのまま受け容れ、両者の戦をそのまま生きて行くという道をとった。次の様な言葉も、そういう覚悟のうちに語られたと見て差支えない。

「批評的天才に通ずる最も見事な性向とは、狂信的になるとか、全く参って手も足も出なくなるとか、その他何でもいい、或る情熱に溺れ切るとか、そういう事を少しも苦にしないという性向だ」

批評の主観的な面と客観的な面を引離して了うのはやさしいのであるが、両者の相剋《そうこく》のうちを進むという事が難かしい。併しこれを進んでみなければ批評と創造との不即不離の所以《ゆえん》を知る事は出来ない。

サント・ブーヴ　二二頁参照。サント・ブウヴと同。
月曜座談　四三頁参照。月曜日物語と同。「月曜閑談」。
死後発表された手帳　一九二六年に「Mes Poisons」と題され発表された。著者の翻訳で「我が毒」（一九三九年青木書店刊）がある。

批評

私は、長年、批評文を書いて来たが、批評とは何かという事について、あまり頭脳を労した事はないように思う。これは、小説家が小説を、詩人が詩を定義する必要を別段感じていないのと一般であろう。

文学者というものは、皆、やりたい仕事を、まず実地にやるのである。私も、批評というものが書きたくて書き始めたのではない。書きたいものを書きたいように書いたら、それが、世間で普通批評と呼ばれるものになった。それをあきもせず繰返して来た。批評を書くという事は、私には、いつも実際問題だったから、私としては、それで充分、という次第であった。しかし、書きたいように書くと、批評文が出来上ってしまって、それは、詩とか小説とかの形を、どうしても取ってくれない。という事は、私自身に批評家気質と呼ぶべきものがあったという事であり、この私の基本的な心的態度とは、どういう性質のものか、という問題は消えないだろう。

回顧すると、と言うが、この回顧するという一種の技術は、私にはまことに苦手なのであるが、実は、ごく最近、ある人が来て、批評家として立ちたいが、これについて具体的な忠言を熱心に求められ、自分の仕事を回顧して、当惑してしまった。人が批評家たる条件なぞ、上わの空で数え上げてみたところで、無意味である。空言を吐くまいとして、自分の仕事の支えとなった具体的な確実な条件を求めて行くと、自分の批評家的気質と生活経験との他には、何も見つかりはしない。しかも、両方とも明言し難い条件である。

私は、自分の批評的気質なり、また、そこからきわめて自然に生れてきた批評的方法なりの性質を明言する術を持たないが、実際の仕事をする上で、上手に書こうとする努力は払って来たわけで、努力を重ねるにつれて、私は、自分の批評精神なり批評方法なりを、意識的にも無意識的にも育成し、明瞭化して来たはずである。そこで、自分の仕事の具体例を顧ると、批評文としてよく書かれているものは、皆他人への讃辞であって、他人への悪口で文を成したものはない事に、はっきりと気附く。そこから率直に発言してみると、批評とは人をほめる特殊の技術だ、と言えそうだ。人をけなすのは批評家の持つ一技術ですらなく、批評精神に全く反する精神的態度である、と言えそうだ。

そう言うと、あるいは逆説的言辞と取られるかも知れない。批評家と言えば、悪口にたけた人と一般に考えられているから。また、そう考えるのが、全く間違っているとも言えない。試みに「大言海」で、批評という言葉を引いてみると、「非ヲ摘ミテ評スルコト」とある。批評、批判の批という言葉の本来の義は、「手ヲ反シテ撃ツ」という事だそうである。してみると、クリチックという外来語に、批評、批判の字を当てたのは、ちとまずかったという事にもなろうか。クリチックという言葉には、非を難ずるという意味はあるまい。カントのような厳格な思想家は、クリチックという言葉を厳格に使ったと考えてよさそうだが、普通「批判哲学」と言われている彼の仕事は、人間理性の在るがままの形をつかむには、独断的態度はもちろん懐疑的態度もすてなければならない、すててみれば、そこにおのずから批判的態度と呼ぶべきものが現れる、そういう姿をしている、と言ってもいいだろう。

ある対象を批判するとは、それを正しく評価する事であり、正しく評価するとは、その在るがままの性質を、積極的に肯定する事であり、そのためには、対象の他のものとは違う特質を明瞭化しなければならず、また、そのためには、分析あるいは限定という手段は必至のものだ。カントの批判は、そういう働きをしている。彼の開いたのは、近代的クリチックの大道であり、これをあと戻りする理由は、どこにもない。批評、批判がクリチックの誤訳であろうとなかろうと。

批評文を書いた経験のある人たちならだれでも、悪口を言う退屈を、非難否定の働きの非生産性を、よく承知しているはずなのだ。承知していながら、一向やめないのは、自分の主張というものがあるからだろう。主張するためには、非難もやむを得ない、というわけだろう。文学界でも、論戦は相変らず盛んだが、大体において、非難的主張あるいは主張的非難の形を取っているのが普通である。そういうものが、みな無意味だと言うのではないが、論戦の盛行は、必ずしも批評精神の旺盛を証するものではない。むしろその混乱を証する、という点に注意したいまでだ。

論戦に誘いこまれる批評家は、非難は非生産的な働きだろうが、主張する事は生産する事だという独断に知らず識らずのうちに誘われているものだ。しかし、もし批評精神を、純粋な形で考えるなら、それは、自己主張はおろか、どんな立場からの主張も、極度に抑制する精神であるはずである。そこに、批評的作品が現れ、批評的生産が行われるのは、主張の断念という果敢な精神の活動によるのである。これは、頭で考えず、実行してみれば、だれにも合点のいくきわめて自然な批評道である。論戦は、批評的表現のほんの一形式に過ぎず、しかも、批評的生産に関しては、ほとんど偶然を頼むほかはないほど困難な形式である。

批評的表現は、いよいよ多様になる。文芸批評家が、美的な印象批評*をしている時期は、もはや過ぎ去った。日に発達する自然科学なり人文科学なりが供給する学問的諸知識に無関心で、批評活動なぞもうだれにも出来はしない。この多岐にわたった知識は当然生半可な知識であろうし、またこれに文句を附けられる人もあるまい。だが、いずれにしても学問的知識の援用によって、今日の批評的表現が、複雑多様になっているのに間違いないなら、これは、批評精神の強さ、豊かさの証《あかし》とはなるまい。

批評は、非難でも主張でもないが、また決して学問でも研究でもないだろう。それは、むしろ生活的教養に属するものだ。学問の援用を必要としてはいるが、悪く援用すればたちまち死んでしまう、そのような生きた教養に属するものだ。従って、それは、いつも、人間の現に生きている個性的な印しをつかみ、これとの直接な取引きに関する一種の発言を基盤としている。そういう風に、批評そのものと呼んでいいような、批評の純粋な形式というものを、心に描いてみるのは大事な事である。これは観念論ではない。批評家各自が、自分のうちに、批評の具体的な動機を捜し求め、これを明瞭化しようと努力するという、その事にほかならないからだ。今日の批評的表現が、その多様豊富な外観の下に隠している不毛性を教えてくれるのも、そういう反省だけであろう。

印象批評　客観的な批評に対し、個人的な直感や印象に忠実であろうとする批評。

Ⅲ

文化について

二十分ばかりお話をいたします。文化ということについて。

文化という言葉がたいへん流行しておりますが、その言葉の意味を正確に知っている人が非常に寡《すくな》い様で残念だと思っております。今日使われている文化という言葉、これは勿論飜訳語でありますが、文化という言葉は昔から支那にあった、これは政治的な意味があって、武力によらず民を教化するという意味であった。そういう意味の文化という言葉をそのまま英語の culture 或は独逸語の Kultur という言葉に当てはめて了《しま》った。どっちにしろ意味はまるで違うんで、誰が訳したか知りませんが、こういうふうな訳のために、文化と言っても僕等には何が何やらわからなくなって了った。

言葉に語感がないという事は恐ろしい事です。ただ文化文化とウワ言の様に言っているのです。

だけどもカルチュアという言葉は西洋人にとっては、母国語としてのはっきりした語感を持っている筈だ。耳に聞いただけで誤解しようがないのです。カルチュアというのは畑を耕やして物を作る栽培という意味だ。カルチュアという言葉にしたって決して単一な意味ではないが、どんな複雑な意味に使われ様と、カルチュアと聞けば、西洋人には栽培という意味が含れていると感ずる。これが語感である。

ジンメル*は文化を論じて、そういう点に及び、こういう意味の事を言っています。例えば林檎の木を育て、立派な林檎を成らす。肥料を工夫したり、いろいろな工夫を施して野生の林檎からデリシャス*だとか、インド*だとかいう立派な実を成らすことに成功したならば、その林檎の木は比喩的な意味にしろ、カルチュアを持ったことなんです。だけども、林檎の木を伐ってその林檎の木の材木でもって家を建てたり、下駄を造ったりしても、それは原始的な林檎の木が文化的な林檎の木になったことにはならない。つまり栽培が行われたのではないからです。

するると、こういう事になります。林檎自身にもともと立派な実を成らす素質があった。本来林檎の素質にある、そういう可能性を、人間の知識によって、人間の努力によって実現させた。そういう場合に林檎の木を栽培したという。だが林檎の木自身に下駄になる素質はない。勝手に人間が下駄を造ってしまった。林檎の木自身ちっとも知らないことです。

そういう意味で西洋人はカルチュアという言葉を使っている。カルチュアという言葉は、日本では又教養とも訳されていますが、例えば僕がどんなに多くの教養を外部からとり入れても、それがもし僕の素質を育てないならば、僕は教養人、文化人とは言えないという事になります。つまり僕の中に僕の人格を完成させる可能性があるという仮定の下に僕という人間の栽培は可能なわけである。

僕は僕自身を育てねばならぬ。いくら知識を得ても、それが僕の身につかねば僕は文化人にも教養人にもなれぬ。だから或る人間の素質、個性というものの、向上に関する信念が先ずなければ文化を云々しても無意味である。この事は国民の文化国家の文化という場合も同じ事であります。ところが国際文化という様な言葉が平気で使われている。これもおかしな話で、或る国の文化という以上必ず伝統的個性を持つものならば、国際文化などというものはあり得ない筈である。インターナショナルなものは、文化というより寧《むし》ろ技術と呼ぶべきでありましょう。そんな処まで出鱈目だから、新しい技術があればすぐ文化と呼びたがる。文化住宅なんかがそれであります。

もう一つカルチュア、栽培という言葉が自ら語っている事で、西洋人には、わかり切った事なのであるが、文化文化とウワ言を言っている日本人には気が付かない事があります。それは文化とは、単なる観念ではないという事だ、寧ろそれは物である、人間の精神の努力を印した「物」だという事です。文化活動というのは、より見事な林檎を栽培する事だ。人間の精神が自然に対して、自然でなくてても歴史でもよいのですが、ともかく人間の精神がある現実のはっきりした対象に対決したときに、精神がその対象を材料として何か新しい価値ある形を創り出した場合でなければ文化という言葉は意味をなさないのです。文化とは精神による価値ある実物の生産である。だから例えば私がこうしてお話ししている事なぞは文化活動とは決して言えませぬ。何故かというと、私はこうして喋っていて、何も現実的な形を生産してはおらぬからです。私は文学者であるから、文章によっては、文化生産をしている積りである、しようと努めている。文学者の文章というものは、林檎と同じ事です。いや、いい文章は林檎より遥かにながが持ちする現実の形であります。しかしお喋りの方は駄目だ。私はこうして自分の精神を消費しているだけだ。私はジャアナリズムに屈服したのであります。

ジャアナリズムのなかにあって、精神的生産をするという事は、まことに難かしい。余程豊富な精神が要る。思想や美の現実的な形を創り出すには、暇と忍耐と熟慮が要るのだが、そういうものをジャアナリズムは許してくれない。勢い執筆者は、まるで贓品《ぞうひん》でも売り飛ばす様に書く。生産が上らぬどころではない。一致協力して精神を消費している。読者もこれに慣れまして、かような精神消費の形式の中に、文化の花が咲いていると思い込むようになっております。

もう一つ、現代には、やっかいな傾向がある。それは批評というものが、非常に盛んであるにかかわらず、批評というものの考えがまことに不徹底であるという事です。勿論、批評のないところに、新しい創造はない筈だ。批評は創造の手段であって、批評の為の批評なぞ言うものはない。ない筈のものが有り過ぎるのであります。クリティカルとかクリティックという言葉は批評と訳しているけれども、本来は危険という言葉です。危急存亡のことをクリティカル・モーメントという。又だんだん進んで行って、もうその先きへ行けないという限界点を意味します。critique*という言葉は西洋人にとっては、そういう語感がある。例えば医者がお前はここが悪いという場合、「ここがクリティックだ」という。

　あるがままのものを、そのまま喜んで受け容れる精神を尋常な精神だとすれば、そういう喜びを否定し、与えられたものを享受する代りに、これを分析し解体し、様々に解釈しなければ気のすまぬ精神は、危険な病的な精神である。だから止《や》めにしたと言っても止める事は出来ない。だが一ったんその道を進んだら徹底的に危険を経験してみなければ、駄目であろうと申すのだ。いつまで経っても批評精神の秘密はわかりはしない。

与えられた対象を、批評精神は、先ず破壊する事から始める。よろしい、対象は消えた。しかし自分は何かの立場に立って対象を破壊したに過ぎなかったのではあるまいか、と批評して見給え。今度はその立場を破壊したくなるだろう。立場が消える。かようにして批評精神の赴くところ、消えないものはないと悟るだろう。最後には、諸君の最後の拠りどころ、諸君自身さえ、諸君の強い批評精神は消して了うでしょう。そういうところまで来て、批評の危険を経験するのです。自分にとって危険であると悟るのです。そういう体験のなかで、批評という毒が創造の糧に変ずる機会があるのです。しかし大多数の人が中途半端のところで安心している様に思われてなりません。批評は他人には危険かも知れないが、自分自身には少しも危険ではない、そういう批評を安心してやっている。だから批評の為の批評しか出来上らぬ。そういう中途半端な批評も、やはり批評には違いないから、対象を壊しているのです、対象は消えているのです。ところが、批評意識が、中途半端である悲しさに、それを自覚しない、対象がなんにもないところで、自分は何かやっているという事に気付かない。対象はいつも眼前にある気でいる。そして批評に批評を重ね、解釈に解釈を重ねているのです。現実の対象と精神との間に批評という幕を下しているのです。

芭蕉は、虚にいて実をおこなうと言った。批評精神の烈しさが遂に一切の対象を疑って虚をつかまねば、精神が対決すべき実という対象は現れないと私は思う。

まあ、かような傾向では、文化生産はなかなか難かしい事であろうと思われます。最後に一言したいが、こういうお目出度《めでた》い批評傾向は、今度の戦争には何んの関係もないという事です。戦前からそうであった。戦後もそうであります。

ジンメル　Georg Simmel（一八五八―一九一八）ドイツの哲学者、社会学者。形式社会学の祖。
デリシャス、インド　ともに林檎の一品種。

critique　フランス語で批判、批評。

教養ということ〈対談〉

田中美知太郎*
小林　秀雄

文体と考えること

小林　このごろは、ひところのように、いろんな条件をはっきり記憶して、ひとつの問題を考え抜くことが億劫になりましてね。考えるということは文体（スタイル）で考えるわけなんだけれども、なにかその辺で工夫はないものかと思っているんですけれど……。

田中　文章の問題といえば、プラトンの場合なんかも、六十歳くらいで文体がグラッと変わりますね。

小林　突然、変わるのですか。

田中　シシリー島*へ旅行してからですけれども、なぜ変わったのか、キメ手はないんです。これが七十歳ごろになると、その変わり方がすこしゆるんでくる。だから著作した年代が不明な場合には文体の研究が逆に手がかりになるわけです。

小林　文学者の場合はいつも文体が問題になるのでそういう研究も多いわけですが、哲学者の文体が変わるというのは面白いですね。近代にもそういう例はありますか。

田中　そうですね。近代になると年代はわかっていますから、文体研究をあまりやらないけれどもやればわかるでしょう。たとえばゲーテとプラトンの文体を研究したものがありますけれど、文体から推定して作品の年代がわかってくる。

小林　アリストテレスはどうですか。

田中　アリストテレスは正確な文章が残っていないのです。メモのようなものをあとで編集したものですから、文体研究はプラトンのようにはできないんです。

小林 ぼくはベルグソンはわりあい読んだが、文体が著しく変わるという時期はないな。

田中 研究しないでも、感じで多少はわかる。とにかくプラトンの後期の文章は読みづらいですからね。

小林 やっぱり複雑になっているのですか。

田中 ほかにあまり出てこない新しい言葉をたくさん使ったりしましてね。初めの頃のものは、通俗的な意味で文学的な対話篇が多いけれど、後期のものはあまり文学的とはいえない。非常に抽象的なものがあります。

小林 むしろ思想の上の転換期があって、それから文体が変わってくるのでしょうね。

田中 多分そういうことでしょうかね。あなた自身は文章は変わらないですか。

小林 それは変わります。自分では気がつかないけれども、ひとに「このごろ変わったね」といわれて気がつきますね。自分で変えようと頭で考えても変わりはしませんね。だけど、そんな意識があると、いつのまにか変わっているんだな。

田中　文章に制約されて考えていることもあるでしょうね。自分の文体があって、考えることがその文章の枠内に納まっちゃう。考え方を変えようと思っても、自分の書きなれた文章で考えるほうが楽なんだから。

小林　それが文章を変えることのできない所以なんだけれども。ぼくら抽象的思索というようなことをよくいうが、文学の世界にいると、どうしても言葉で考えます。言葉が出てこなければ、なんにも出てきませんからね。だから言葉を探していてみつかると、先が開けてくる。抽象的計算というのは別だけれども。

田中　抽象的といってもやはり言葉でしょう。数学的に考える場合は、シンボル*で考える。しかし数学者なんかでも案外ものを考えてないのじゃないですか。

小林　数字にたよってね。

田中　ホワイトヘッド*がそういうことを言っていました。数学は思考の練習になるというが、そんなことは嘘だ。ただシンボルを操作しているだけで実際は考えていないことが多い……。

小林　そういうことはたしかにあるね。「数学者が実はものを考えていないのだ」というような言葉は、なかなかわかりにくいのじゃないかな。つまり合理的に考えようとすることは、極端にいえば数式に引張られている状態になるわけで、ほんとうの考えというものは、合理的にいくものではないんじゃないか、というようなことを私はよく考えますね。

田中　考えるということは、案外感覚的なものですね。イメージとか言葉に捉われない純粋な思考というのは、一種のあこがれみたいなものでしょうね。

小林　ぼくら考えていると、だんだんわからなくなって来るようなことがありますね。現代人には考えることは、かならずわかることだと思っている傾向があるな。つまり考えることと計算することが同じになって来る傾向だな。計算というものはかならず答えがでる。だから考えれば答えは出るのだ。答えが出なければ承知しない。

田中　たとえば、新憲法に賛成ということをいいたいために文章を書く。これは考えるのではなく宣伝ですね。新憲法の実体に取り組んで考えてみようという場合には、結論は賛成か反対かわからないわけですね。それが考える文章というものでしょう。

知ることと好むこと

小林　文章の結論がどこへ行くかわかってしまえば、自分でもおもしろくないですね。だからわかっていることはぼくはけっして書こうとは思わない。どうなるか楽しみなんだな。そのかわり、書いていくことと考えることがいっしょなんですよ。ぼくなんか書かなくちゃ絶対にわからない。考えられもしない。

田中　ソクラテスなんかの場合だと、賛成とか反対とかはどうでもいいことで、問答でどっちへ変わっていくかわからない。「ロゴス＊が動くままに身をまかせる」という意味の有名な言葉がありますね。ただ結論をはじめから決めてかかるというジャンルは昔からあったわけで、法廷弁論がそうですね。検事は有罪、弁護士は無罪という結論を出さなければならない。ぼくはよくからからのだけれども、日本の言論界はだいたい法廷弁論型ですね。

だいたい日本人は法律論が好きですね。憲法第何条に違反しているか、いないかといった議論ばかりして、国策としてどちらが役に立つかを考えない。あれは政治の議論ではない。政治家というものは、結果的には、自分の最初の議論を否定しても国利民福にプラスするようなものが何か出せるという、リアリスティックな精神がなければだめですね。

小林 その意味で、孔子なんていう人は政治家だね。

田中 最近、ちょっとしたことで考えさせられたんですが、恋愛というようなことでも、相手が自分を好いてくれるかどうかということよりも、相手が結婚にふみきるための外部条件みたいなものばかりが主要なことになって、そういうまわりの条件さえ整えば、それで相手はイエスを言うはずだと考えたりすることがあるのですね。だから、いざノーを言われたりすると、どうしてもわからないということになる。そんなはずはないというのですね。しかし好き嫌いをたしかめるのが先決問題じゃあないんですかね。しかしこんなのは旧式な考え方で、まわりから条件をそろえて行けば、好き嫌いなんてことは、簡単に片づくというのが、むしろ今日的な考えになるのかも知れない。つまり今日では政治でも経済でも、何でも計算し、計量して、まわりから攻めて行くやり方が主になっている。社会科学でも、計量可能の領域が拡大されて行って、全体を自然科学に近づけるという考え方があるように思うんですがね。

小林　それが根底でしょうね。そういう学問についての教育の仕方がまちがっているんじゃないかと思うんだな。いまの恋愛の話じゃないけれど、好き嫌いという問題が後まわしになっている。孔子がいっているね、「知る者は好む者に及ばない。好む者は喜ぶ者に及ばない」。

好むとか喜ぶということが孔子にとっては根底的だったのだな。最も現実的なことだったんだな。知るということはひとまず現実から離れてもいいことなんだ。そうした根底的なものの認識が、いま逆になっている傾向があるんじゃないかな。現実的なものは計量可能な、合理的なもの、そうなった。

田中　池田（勇人）首相ではないけれど、数字を並べるほうが説得力がある。法廷弁論では甲論乙駁《こうろんおつばく》できりがないけれど、数字ならニュートラルな形だから議論が収められる。だから数字で操作される領域を開拓する。いわゆる近代化とか進歩というものは、そうしたことと結びついているわけですね。ただ好き嫌いは数量では測れない。

プラトンは、教育の根本は好き嫌いの状態が大事だからというわけで、芸術教育を重んじた。芸術教育が人間の好き嫌いの根本を規定するという考え方ですね。その点、孔子と共通した考えがあるかもしれませんね。

小林　だいたい教養というものが、学問があるかどうかというものじゃなくて、まったく性格的なものでしょう。当然そこには感情的なもの、好き嫌いの問題が含まれている。

江戸時代の学問では、学問と生活的修養とが一致していた。それを今日の学問の概念からふり返ってみると、理解しにくいところが出て来る。学問することがまた生活の喜びでもあったというところがもう理解しにくいのですね。たとえば伊藤仁斎《いとうじんさい》の場合、かれは塾を開いて月謝だけで暮しをたてていた。弟子は、あらゆる階級にわたり、金持の商人などもたくさんいたらしいが、そういう連中は、道楽という道楽はしつくして、学問が最後の道楽になったとも思えるんですね。仁斎先生のところへゆけば人生がわかる。暮してゆく意味がわかる。これは酒や女よりおもしろい。

生活一般に関する教養としての学問、この道はずい分早くから開けて、一貫して続いています。いわゆる文人墨客《ぼっかく》というようなもの、これは徂徠《そらい》の発明だが、これも歴史家がもう一ぺん真面目に考えてみなければならぬ問題ではないでしょうかね。ああいう自由で豊富な修養の力の意味をです。明治維新といった大きな仕事も、そうした江戸時代に蓄積された教養の幅広い層なしには考えられないことですね。

田中　その問題は大事ですね。いまのアフリカの新興国は原始時代から急に生れてきたようなもので、過去の蓄積がない。日本の場合はなんといっても古代から中世、近世と一種の文明があるわけで、蓄積があるし、能力は開発されていたわけですね。明治維新もそうですが、戦後の日本についても同じことがいえますね。戦争で一切が破壊されたけれども、明治以来開発された能力は残っていたわけです。

編集部　明治維新にはそれ以前の蓄積があり、戦後日本には明治以来の蓄積があったとしますと、今日〝考える〟傾向がなくなってゆく、つまり教養の崩壊という問題があると思うのですが、それは日本固有の問題ですか、近代の問題ですか。

田中　日本でいう近代化の問題ですね。ただヨーロッパでも精神や教養と両立しない形で近代化が進んでいるかどうか……。しかしアメリカでもひじょうに近代化が進んだ結果、経営者が経営学よりも、むしろシェイクスピアを読むようになるといった事実があるそうだけれど、近代化もある程度までいくとまた逆になるのじゃないかな。日本の近代化はまだそこまでいっていないようだけれど。

小林　要するに、いまそういうことを議論するのはたいへんむずかしい時期じゃないんですかね。さっきも道具屋と話をしていたんだが、このごろは道具屋さんがものの値段がわからなくなっているんだな。五万円程度のものだなと思っていると五十万円で買おうなんていわれる。つまり道具屋にいわせると、どうも素人ばかりがふえてかないませんというわけなんだな。昔のきまりがなくなってきたのだが、どうしてそうなったかはっきりしない。しかしだんだんカタがついてくるんじゃないですか。やっぱり常識というものがあるんだし、通るところは通らなくちゃいけない。

やはり教育が大事なんだね。ある時期のはっきりした情操教育がね。だいたい好き嫌いというのは、でたらめのようですけれど、論理のようなでたらめさではないですよ。（笑）赤い花を青いという奴はいない。いわゆる趣味は多様だけれども、乱れるということはない。やたらに頭を働かすから乱れるのだ。

編集部　趣味というものは教えにくいものではないですか。

小林　それは教育の仕方ではひじょうにやさしいでしょう。音楽教育だったら、りっぱな音楽を聞かせたり教えたりといった形式的なことでいいと思いますね。道徳教育でもそうだ。まったく簡単なことを、手だてを工夫して教えれば八割方はできてしまう。いろんな内容を考えて完全な道徳教育なんてのをめざすからむずかしくなってしまう。根底的なことはそれほどむずかしい面倒なことではない。教育家はそれを忘れては困るな。

田中　教育というものは説教ではなくて、習慣をつければいいわけですからね。それをいまは無視してしまって、教育者が子供にアンケートを求めてそれを集めて、子どもはこう考えているとかいっているけれど、子どもは教師のしゃべっていることを反復しているだけでしょう。そうして父兄をつかまえていまの子どもはこうだからあなた方はこうしなければいけない、なんていうのは子どもをつかまえて身代金を要求する誘拐犯人みたいなものですよ。

小林　いまの教育は暗誦《あんしょう》させないですね。ものごとを姿のほうから教えるということをしない。「万葉集」なら「万葉集」を、解説や周辺の知識を持ちこんでしまって、感覚的に読むことをしない。それから古典の現代訳をひじょうに無神経にやることなんかも間違いの根本ですね。姿があるのは造型美術だけではない。言葉にも姿がある。日本人ならかならず日本の言葉についての姿の感覚があるはずです。その感覚を浮かび上がらせるのが教育ですよ。いま唯物論*なんていっているけれども、唯物論なら人間の感覚や感受性を考えなきゃいけない。人間の肉体、人間の生理をおろそかにしちゃいけない。芸術は生理ではないが、そこにくっついている。そこを教えなくてはいけない。昔は内容はわからなくても五十首暗誦しなければ卒業できないといった仕方で教えこんだ。じつに愚劣な教育と思っているんでしょうが、実はそうじゃないのですね。

田中　外国でも暗誦が基礎じゃないですか。私の教わったドイツ人はむやみに暗記させた。ゲーテの長い詩を覚えてこいという。試験が終るとケロリと忘れてしまうけれど、やはりあれが本当じゃないかと思いますね。読書百遍という素読《そどく》が肝心ですね。そのうちに意義おのずから通ずる人はそれでよいわけで、わからなくてもいいわけですね。解説なんかはかえって邪魔になる。

教養の基盤について

田中　ただ日本の文章とか、古典というものを考える場合にも、明治以降、ヨーロッパの圧倒的な影響があるだけに複雑になってきていますね。

小林　ええ、そうですね。いまから過ぎさったことを振り返って逆に考えますと、日本の文明、文化というものは複雑なんですね。大昔から外国ものにやられ通しなのですからね。なにか病的なものがないとおさまらないほど複雑なものでしてね。ぼくらが経験したことだってなにも考えてやったことじゃないんです。もう少し健康な精神的な楽しみ方があるはずなんですが、どうしても病的なことになる。要するに精神のエネルギーの吐け口を求めているわけで、詩といえばまずフランスの詩がおもしろくなるといった妙な姿をとるわけですね。

田中　文学の場合、近代化のモデルはやはりフランス文学ですか。

小林　そうですね。それも偶然なんですね。偶然の出会いにいやでも対応しなければならぬ。ぼくは不案内ですが、日本にドイツの哲学が入ってきたのも偶然ではないですか。そこに外国人にはなかなか察しのつかない苦しみが日本のインテリにはあるんですね。アメリカのような国の人々にはちょっと理解できない苦しみでしょうね。そうした悩みや苦しみは長いし、こんごもずっと続くんではありませんか。「哲学」という言葉を西周《にしあまね》がつくったということをきいて西周を読んでみたんですが、はじめは希哲学といったんですね。どうして希がとれたのかな。

田中　最初は、希哲学とか希賢学といったんですね。士は賢ならんこと、哲ならんことを希《こいねが》う、*という意味で使ったんでしょうね。希賢学の方は、儒学の連想で感覚が古いために捨てられたんでしょうね。どうして希がとれてしまったのか、後になると西周自身も哲学という言葉を使っていますね。西周の訳語で、いま残っているのがずいぶんありますね。先天・後天、習性・悟性、といった言葉、西周という人はえらいですね。とにかく産業近代化の必要に応じて幕府からヨーロッパに派遣されたんですが、そのための実学を修めながら哲学に興味をもったわけですからね。

小林　ぼくが西周で面白かったのは、西周の目を開いたのが荻生徂徠《おぎゅう》だったという点ですね。徂徠などは当時異端の学だったわけで、西周も、病気をしたときに、はじめて寝転びながら読んだわけですね。正統の学なら端坐《たんざ》して読まなければならない。たまたま読みはじめて、驚いてしまうわけですね。そこで開眼するわけです。それからソクラテスを識《し》るわけですね。

田中　「ソコラテスといへる賢人ありて」と書いていますね。

小林　教養の伝統というものは、ふとした機会に生きかえるのですね。漢文という素養があるから翻訳もいいんです。

田中　聖書なんかも昔の訳の方がいいですね。

文明の原理について

小林　ああいうものはあまり改良がきかないということがわかりますね。自然と壊れていくことはいいのだけれども、その自然とこわれて変化してゆく中に何かの摂理があると思うんですね。命が永らえるようなものでね。人間の成長でもひじょうに緩慢なんだ。だから命が保てるわけで、文明というものはそういうものじゃないかな。人為的な改良とか革命とかでは死んでしまうものがあるんだな。それは私たちが生きているものに深くつながっているものじゃないか。それはショックを受けると滅びてしまってなかなか回復できない。歴史の流れの中にはそういうものがあるんじゃないかな。

田中　エドマンド・バーク*のいう保守主義の真髄なんてのも、そんなところかな。

小林　それでは、私は保守主義だ。未だ保守を知らず、いずくんぞ進歩を知らん、だね。

田中　古いものをすべてやめて新しいものに代えるとすれば進歩はないですね。人間の一生の経験なんかは限られていますから、それまでの蓄積の上に立たなければ、むだな努力ですね。トインビー*やシュペングラー*の説だと、文明の成熟がとまって新しい芽が出なければ、文明は老衰してゆくということになるでしょうが。

ギリシャの場合を考えると、ギリシャ文明はいまでも生きていますけれども、それを荷なった民族は滅びてしまったようなものかもしれない。ギリシャ自体の歴史を考えてみても、新しいものを生み出した時期と創造性を失った時期があるわけですね。内乱や戦争によって政治的な条件がちがってくることが原因でしょうが、ギリシャ都市の自由があったときはやはり創造性があったわけですね。当時でいえば世界戦争だったペロポネソス戦争でアテネなどは大いにいためつけられ、その後またある程度回復するわけですが、その世界戦争がプラトンの青年時代で、次の世紀がプラトン、アリストテレスの全盛時代です。その世紀の終りにはギリシャ都市の自由が終焉し、アレキサンドリアに中心が移って、ユークリッドやアルキメデスといった科学や文献学の黄金時代ですね。シュペングラーの説だと科学や文献学は末期的現象だということになるらしい。ギリシャが完全に駄目になるのは、ローマが地中海を征服する時代ですね。ローマはギリシャの弟子だけれどもオリジナリティはない。政治的に古代世界全体を支配するけれども、その政治も共和政が帝政に代ると段々にたいへんな暗黒時代になる。ローマの皇帝はたえず入れかわり、ロクな死に方はしていない。ギリシャ文明の評価と古代世界の没落ということはたいへんなテーマで、トインビーなんかもそれをモデルに文明の没落を考えているわけですね。が、政治史としていちばんおもしろいのはやはりローマの歴史でしょうね。ぼくの昔の夢では老年になってからローマ史を書いてみたいと思った。いまはとても自分の力でローマ史の史料をたくさん読む気力はないけれども、あれをほんとうに書いたら一種の政治教科書が書けると思いますね。プルタークの「英雄伝」とかいったものも一つの政治勉強のテキストとしても使われるようですが。

小林　ぼくは病気をしたときにプルタークの「英雄伝」をみんな読んだんです。退屈だけれどお能を見ているようなものでね。退屈していなければわからないものがありますね。文章を読んでいてパッといいところがある。やはり退屈というものはむだじゃないですね。

田中 プルタークは歴史家としてはむしろ凡庸でしょうかね。歴史家としてはツキジデス*が一級です。たいへん読みづらい、クセのある文章ですけれど、がまんして読み通すとえらいことがわかりますね。政治を理解するには政治的識見、政治的なセンスが自分にも必要ですけれど、ツキジデスは、当時の教養をもったインテリでしょうが、しかし、政治家として実際、政治にたずさわり追放されたりしたわけですから、それだけにセンスもあったわけですね。カエサルのメモワール「ガリア戦記」がいいのも、カエサルがやはり一種の教養をもっていて、よく人間を洞察することができたからでしょうね。

田中美知太郎　(一九〇二―八五) 哲学者、評論家。一一二頁参照。
シシリー島　Sicily イタリア半島の南、シチリア島の英語名。
シンボル　象徴。ある意味を表す記号。

ホワイトヘッド　Alfred North Whitehead（一八六一―一九四七）イギリスの哲学者、数学者。記号論理学の確立に貢献。

ロゴス　本来は言語を意味するギリシア語。概念、意味、論理、思想、定義などさまざまに訳される。古代哲学、神学における重要な概念。

唯物論　物質の根源性を主張し、精神は物質に規定されるとする説。

士は賢ならんこと～希う　ギリシア語の「知を愛する」に由来する philosophy について、西周は北宋の儒学者、周敦頤の「通書」志学にある「士希賢」（士は賢をこいねがう）にならい、「希哲学」と訳し、のちに「哲学」とした。

エドマンド・バーク　Edmund Burke（一七二九―九七）イギリスの政治家、思想家。イングランド伝統的体制を擁護した「フランス革命の省察」は近代保守主義の古典としてヨーロッパ全体に影響を与えた。

トインビー　Arnold Joseph Toynbee（一八八九―一九七五）イギリスの歴史家。二十一の文明圏を包括的に把握した「歴史の研究」など。

シュペングラー　Oswald Spengler（一八八〇―一九三六）ドイツの哲学者。世界史上の諸文化を有機体としてとらえ、西欧文化はすでに没落の段階にあるとした「西洋の没落」など。

ツキジデス　Thoukydidēs（前四六〇頃～前四〇〇頃）アテナイの歴史家。「歴史」八巻（未完）でペロポネソス戦争を記述。明晰な洞察力と公平な記述は後世史家の模範とされる。

解説

木田 元

この本には、主として読書をめぐって書かれた小林秀雄のエッセイが集められています。どれもとても平明で分かりやすい文章ばかりですから、楽しんでお読みください。

といっても、みなさんのうちには小林秀雄と聞いただけで、さっと身構えてしまう方がおられるかもしれません。なにしろ小林秀雄と言えば、「批評の神様」「文学の教祖」「読書の達人」などと言われてきた人、そんなに分かりやすいはずはない、と。

「当麻」に見られる有名な「美しい「花」がある、「花」の美しさという様なものはない」といったくだりに脅かされたことのある方もおられるかもしれません。

たしかに、この人が本気で書いた評論やエッセイはそう分かりやすいとは言えませんせん。実は、私もこの本を手にしたとき、そうした不安を感じないではありませんでした。一見やさしそうに見えるものの方が、かえって難しいことが多いからなあ、うまく解説なんてできるかなと、ちょっと不安でした。

いや、小林さん自身、ここに収録したエッセイの一つで、ご自分の文章の分かりにくさを話題にしています。「国語という大河」のなかでです。

「あるとき、娘が、国語の試験問題を見せて、何んだかちっともわからない文章だという。読んでみると、なるほど悪文である。こんなもの、意味がどうもこうもあるもんか、わかりませんと書いておけばいいのだ、と答えたら、娘は笑い出した。だって、この問題は、お父さんの本からとったんだって先生がおっしゃった、といった。へえ、そうかい、とあきれたが、ちかごろ、家で、われながら小言幸兵衛じみてきたと思っている矢先き、おやじの面目まるつぶれである。教育問題はむつかしい。」

小林さんは、その後も何度も同じような経験をされたそうです。そして、「自分で作る文章ほど、自分の自由にならぬものはないこと」を経験から学び、「だから、書くことは、いつまでたっても容易にはならない」と嘆いておられます。たしかにそういうこともあるにちがいありません。

でも、ご安心あれ、本当の達人は人を見て法を説く。読書についての教えをもとめる人たちには、小林秀雄はそれにふさわしい心得を授けてくれるもののようです。

今度ここに集められているものを読んで改めて気づいたのですが、こうした一般読者相手の文章を書くときには、小林秀雄は実に具体的な文章で実行可能な方策を授けます。

冒頭の「読書について」でも、濫読せよ、同時に何冊かの本を並行して読むくらいの濫読をせよとか、ひとりの作家の全集を読め、日記や書簡のたぐいに至るまで、隅から隅まで読め、といったぐあいです。

これは私も若いとき、その教えに従って——というよりも、実際には作品そのものの面白さにつられて、ですが——実行した読書法です。まだ日記や書簡は翻訳されていなかったので、そこまで手は回りませんでしたが、私は敗戦の数年後、ドストエフスキーの作品を手に入るかぎり読みまくりました。敗戦で満洲から帰国してきたたぐいの人間ですから、自分の本などまったく持っていないし、新刊書などもまだほとんど出されていない時代です。古本屋で探すか人から借りるか、それしか方法がありません。あちこち借り歩いて読んでいましたが、一度どうしても『白痴』（岩波文庫）の第二巻だけ見つからないことがありました。当時住んでいたその町出身の友人に頼んで、ありそうな家を一軒一軒尋ねて回り、やっと見つけて借りて読んだことが忘れられません。

ドストエフスキーの作品を読みつくしたあと、私は当時必読だとされていたいろいろな人の手になるドストエフスキー論を読みました。ジッド、シェストフ、ベルジャエフ、ヴォルィンスキー、森有正らのドストエフスキー論、言うまでもなく小林秀雄の『ドストエフスキイの生活』もふくまれていました。

むろんまだ全集など作られていませんでしたが、小林秀雄ご当人の著作も、眼につくかぎり買いこんでいました。なかなか読みつくすとまではいきませんでしたが。

小林秀雄は、「文は人なり」という言葉の深い意味を理解するには、「全集を読むのが、一番手っ取り早い而も確実な方法なのである」と言います。そうすると「ほんの片言隻句にも、その作家の人間全部が感じられるという様になる」と言うのですが、本当にそうだと思いました。

この本には、「作家志願者への助言」という文章も収録されており、作家志願者に与える「読むことに関する助言」が箇条書きにされています。

1　つねに第一流作品のみを読め

2　一流作品は例外なく難解なものと知れ

3　一流作品の影響を恐れるな
4　若し或る名作家を択んだら彼の全集を読め
5　小説を小説だと思って読むな

これらの助言、どれもこれもきわめて具体的だし、効力もありそうです。最後の5だけがちょっとややこしいかもしれません。

しかし小林さんは、先ほども触れたように、ご自分の文章を教科書や試験問題に採用されて、ずいぶん迷惑をかけられてきたのに、それでも自分の紀行文が柳田国男編纂の国語教科書に採用された時にはとてもよろこんでおられます。

それは、小林さんに国語というものについてのある思い入れがあるからです。

「国語と国民とは頭脳的につながってなぞいない。文章の魅力を合点するには、だれでも、いわば内部にある或る感覚のごときものに頼るほかはない。この感受力には、文体の在りかを感じとる緩慢だが着実な智慧が宿っている。緩慢な智慧だから、日ごとに変る意見や見解には応じられぬが、ゆっくりと途切れることなく変って行く文章の姿には、よく応和して歩くのである。国語という大河は、他の河床を選んで流れることはできない。そういう感受力を育てるのが、国語教育の前提であろう。」

国語を国語たらしめているのは、そこにひそむ知的に理解可能な法則のようなものではなく、長い時間をかけてゆっくりと感じとっていくしかないようななにかなのです。国語教育の目的はそれを感受できる力を養うところにあります。

自分の文章が国語の教科書に採用されることによって、そうした感受力を育てるのに寄与できることを名誉だと思う「教科書神聖」の心情が、小林秀雄の世代の人たちにはまだ脈々と受け継がれていたのでしょうね。

このとき柳田国男編纂の教科書に採録されたのが、本書にも収録されている「カヤの平」です。友人の深田久弥さんに半ば強制されておこなった、信州の発《ほっ》哺《ぽ》高原での生涯最初の痛快無比なスキー・ツアーのいきさつを綴った紀行文ですが、特にこれが選ばれたことを、小林さんはとても喜んでいます。

第Ⅰ部の最後に置かれた「美を求める心」は、絵画や音楽に美を感じる力を養うにはどうすればよいかという質問に答えて書かれたものですが、訓練によって野球選手の眼に見える球の姿がどう変わってくるかという例に拠りながら、「優しい心で、物事を豊かに感じる」ということがとても重要なことを、分かりやすく解き明かしてくれています。

第Ⅰ部に集められた文章が「読むこと」を主題にしていたのに対して、第Ⅱ部の主題は「書くこと」です。「文章について」「批評について」といったエッセイもそのヴァリエーションと見てよさそうです。

「読むこと」に比べると、「書くこと」は少し特殊な作業ですから、幾分話がややこしくなりますが、小林さんの話はここでもとても具象的です。「喋ることと書くこと」というエッセイのなかで、菊池寛の講演の情景を描いたくだりなど、(むろん私だって菊池寛ご当人を見たことがあるわけではありませんが) まるで眼に見えるようです。

しかし、小林秀雄自身、「書くことについて」となると、「一体文章について書くということが、……私には大変な重荷です」とか、「如何に小生は文章に確信がないかということを、実は書き始めたのでありますが、三枚ほど書いたら厭になった」とか、そんなグチばかりこぼしています。

文章を書くということは、本職の、それも教祖、達人と言われた人にとってさえそうやさしいことではないようです。私たちは当面読むことに専念した方がよいかもしれません。

この本の第Ⅲ部には、「文化について」という、もともとは講演の原稿だったと思われるものと、「教養ということ」というテーマで、古代哲学史家の田中美知太郎さんとおこなった対談の記録が収録されています。

講演の方は、もともとは「耕作」「栽培」という意味である英語の culture、ドイツ語の Kultur の訳語に「文化」という縁もゆかりもない漢語（もともとは「武力によらず民を教化する」という意味だそう）を当てたことから生じた混乱について論じたもの、対談の方は、近代日本の代表的な大知識人二人が、暗誦や素読といったものの効用をもふくめ、新旧の教養の在り方の違いを語り合ったもので、含蓄に富んだ対話です。

◆

こうして、出来上がったこの本を通読してみますと、とても分かりやすいよい本になったと思います。

なにしろ第二次大戦敗戦のとき、私は十六歳、満洲の中学校を卒業し、江田島の海軍兵学校に在学していました。むろん本らしい本を読み始めたのは、敗戦でそこを追い出され、しばらく放浪生活を送ってからのことです。

戦争中の言動が災いして、既成の作家・思想家は戦後鳴りをひそめていたので、そのころ私たちに本の読み方を教えてくれるのは、戦争末期時勢に背を向け、沈黙を守っていた小林秀雄くらいしかいませんでした。古本屋で、「ランボオ」論などの入っている『続々文芸評論』などを捜してきて舐めるように読み、分かりもしないのに夢中になって口真似をしていました。

そのうち、創元社の百花文庫で『無常という事』と『モオツァルト』が刊行されて、私たちにとって小林秀雄の存在は決定的なものになりました。なにしろ小林秀雄は、ある人がモオツァルトのかなしさを tristesse allante《トリステス・アラント》（疾走するかなしさ）と呼んだことにからめて、こんなふうに言うのです。

「確かに、モオツァルトのかなしさは疾走する。涙は追いつけない。涙の裡《うち》に玩《がん》弄《ろう》するには美しすぎる。空の青さや海の匂《にお》いの様に、「万葉」の歌人が、その使用法をよく知っていた「かなし」という言葉の様にかなしい。」

あのころ、こんなことを教えてくれるのは、小林秀雄だけでした。彼に教えられて、私がドストエフスキーを「全集」で読んだのもそのころです。

私はその後、ドストエフスキーと同時代のデンマークの思想家キルケゴールを媒介にして、やはりドストエフスキーの強い影響を受けたというドイツの哲学者ハイデガーに関心を移し、どうしてもこの人の書いた『存在と時間』という本を読まずにいられない一心で、東北大学の哲学科に入りました。今度はそのハイデガーや、同じ思想的系譜に属するフランスの哲学者メルロ＝ポンティの著書を、それこそ全集で読んだり訳したりすることになり、哲学が一生の仕事になりました。

しかし、その間も、『ゴッホの手紙』『近代絵画』『考えるヒント』など小林秀雄の書くものは読みつづけていましたから、決定的にその「毒」を浴びたことになりましょう。私は数年前『なにもかも小林秀雄に教わった』（二〇〇八年、文春新書）という少しふざけた表題の本を書きましたが、この表題に嘘はありません。本当に小林秀雄は私たちにとって手ごわい師匠だったのです。

小林秀雄の書くものはけっしてやさしいとは言えません。それをうまく呑みこめるようになるには、かなり読書の訓練が必要だと思います。しかし、この思想家は十分それに値するのです。

まさしくその「読書」について、まるで小林秀雄がみずから手をとって教えてくれるかのような、こんな本が作られるのは希有なことだと言えましょう。このあたりを手がかりにして、ぜひみなさんにもこの思想家に挑戦してみていただきたいと願っています。

二〇一三年八朔

（きだげん、哲学者）

初出一覧

読書について…「文藝春秋」昭和十四年四月
作家志願者への助言…「大阪朝日新聞」昭和八年二月
文章鑑賞の精神と方法…『日本現代文章講座』第二巻、昭和九年十月
読書の工夫…「婦人公論」昭和十四年十一月
読書週間…「新潮」昭和二十九年二月
読書の楽しみ…「毎日新聞」昭和四十八年十月
国語という大河…「毎日新聞」昭和三十三年一月
カヤの平…「山」昭和九年十月
美を求める心…『美を求めて』昭和三十二年二月
喋ることと書くこと…「新潮」昭和二十九年一月
文章について…「帝国大学新聞」昭和七年三月
文章について…『現代文章講座』第一巻、昭和十五年三月
批評と批評家…「月刊文章講座」昭和十年十月
批評について…「NHK教養大学」昭和二十九年六月
批評…「読売新聞」昭和三十九年一月
文化について…「改造文芸」昭和二十四年五月
教養ということ〈対談〉…「中央公論」昭和三十九年六月

本書は『小林秀雄全作品』(新潮社)を底本とし独自に編集したものです。

口絵写真　鈴木忠雄（新潮社）
装幀　中央公論新社デザイン室

小林秀雄

明治三十五年（1902）、東京神田に生まれる。東京帝国大学仏文科卒。昭和四年（1929）雑誌「改造」の懸賞評論に「様々なる意匠」が二席入選。翌年から「文藝春秋」に文芸時評を連載、批評家としての地位を確立する。代表的な著作に「私小説論」「ドストエフスキイの生活」「モオツァルト」「ゴッホの手紙」「近代絵画」「本居宣長」など。昭和三十八年、文化功労者。昭和四十二年、文化勲章受章。昭和五十八（1983）年没。

読書《どくしょ》について

二〇一三年　九 月二五日　初版発行
二〇二四年 一二月二五日　九版発行

著　者　小《こ》林《ばやし》秀《ひで》雄《お》
発行者　安部順一
発行所　中央公論新社
〒一〇〇-八一五二
東京都千代田区大手町一-七-一
電話　販売　〇三-五二九九-一七三〇
　　　編集　〇三-五二九九-一七四〇
URL https://www.chuko.co.jp/

ＤＴＰ　平面惑星
印　刷　三晃印刷
製　本　大口製本印刷

Printed in Japan　ISBN978-4-12-004540-0 C0095

中央公論新社の本

人生について	小林秀雄	中公文庫
戦争について	小林秀雄	中公文庫
小林秀雄	大岡昇平	中公文庫
青山二郎の話・小林秀雄の話	宇野千代	中公文庫
小林秀雄　江藤淳　全対話	小林秀雄 江藤　淳	中公文庫
小林秀雄の眼	江藤　淳	単行本